Irmas Vormund – Eine Beziehungsgeschichte

AF220339

BODO KRÜGER

Irmas Vormund - Eine Beziehungsgeschichte
Erinnerungen und Mutmaßungen

Bibliografische Information der Deutschen Nationalbibliothek: Die Deutsche Nationalbibliothek
verzeichnet diese Publikation in der Deutschen
Nationalbibliografie: detaillierte bibliografische
Daten sind im Internet über www.dnb.de abruf-
bar.

©2020 Bodo Krüger
Coverfoto: Bodo Krüger
Herstellung und Verlag
BoD – Books on Demand, Norderstedt

ISBN 978-3-7528-9888-0

Für meine Mutter

Was ist schon im Leben eindeutig,
machen wir es nicht erst dazu – oft mit viel Kraft
und Anstrengung?

Maria Meyer-Schwarzberger

Inhalt

Das Mündel

Die Stationsärztin Dr. Meyer-Schwarzberger hatte schon einige Stunden Dienst hinter sich, als sie sich den schmucklosen Flachbauten mit den Frauenstationen näherte. Die Wege im Landeskrankenhaus waren nicht kurz. Was sich besonders bemerkbar machte, wenn man mehrmals am Tag zwischen den Stationen hin und her pendelte. Heute war es wohl das letzte Mal. Aber man wusste ja nie, ob es nicht doch plötzlich in einem dieser unscheinbaren Häuser einen Notfall gab, wo das Eingreifen der diensthabenden Psychiaterin geboten erscheinen würde.

Eichenhausen war ein Langzeitkrankenhaus für psychisch Kranke, die schon eine Reihe der gängigen Therapien hinter sich hatten und kaum noch Chancen, einmal wieder auf eigenen Beinen zu stehen. Wenn man gemein wäre, könnte man sagen, dass sie hier zum eigenen und zum Schutz der Gesellschaft verwahrt würden. In der Regel waren es Patienten mit Symptomen aus dem schizophrenen Bereich. Menschen, die irgendwann in ihrem Alltag aufgefallen waren, weil sie Absonderlichkeiten in ihrem sozialen Umfeld gezeigt hatten. Vielleicht gleich mit schweren Delikten wie Gewalttätigkeiten bis hin zur Lebensbedrohung anderer oder auch in allmählich sich steigernder Form, an deren Ende schließlich die Verwahrlosung drohte.

Frau Dr. Meyer-Schwarzberger war für längere Zeit von ihrem Dienst beurlaubt gewesen. Nun waren die Kinder aus dem Haus und auch der Ehemann ging zusehends mehr seine eigenen Wege. Für die Ärztin war nun die Zeit gekommen, die Arbeit in ihrem Beruf wieder aufzunehmen. Mediziner, die in einer solchen Klinik arbeiten wollen, sind nicht gerade zahlreich. Vor allem ist es eine gute Voraussetzung, wenn man Berufserfahrung und Gespür für Patienten mit den hier häufig anzutreffenden Symptomen mitbringt. Und wenn man bereit ist, sich in seinem Beruf mehr einzusetzen als man das nach geltendem Arbeitsvertrag eigentlich müsste.

Die Ärztin hatte das Gebäude erreicht. Sie öffnete mit ihrem Universalschlüssel die Haustür und wandte sich nach rechts. Nun stand sie vor der Station 3a, die im Parterre des zweigeschossigen Gebäudes untergebracht war. Hier musste sie ihren Schlüssel erneut benutzen.
Manchmal dachte sie belustigt, dass der Schlüssel zu den wichtigsten Werkzeugen ihrer Arbeit gehörte. Helles Licht, ein langer breiter Flur, an den Seiten Eingänge zu den Patientenzimmern. In jedem waren zwei Frauen untergebracht. Der Flur war breit genug, dass sich hier auch Rollstühle begegnen konnten. An seinem Ende befand sich ein Tagesraum. Dort nahmen die Patientinnen die

Mahlzeiten ein und verbrachten den größten Teil ihrer Freizeit. Die Arbeitstherapie hatte ihre Räumlichkeiten in einem anderen Gebäude, sodass dadurch die Patientinnen das Gefühl hatten, richtig zur Arbeit zu gehen. Man traf allerdings dabei unten ihnen eine Auswahl. Auf keinen Fall durften Frauen, die fluchtgefährdet waren, ohne medikamentös eingestellt zu sein, die geschlossene Station verlassen. Es machten sich also nur ruhig gestellte auf den Weg zur Beschäftigungstherapie, die im Wirtschaftstrakt lag. Dazu gehörten eine Großküche, die alle neun Stationen mit Essen versorgte, die Vorratsräume und der Schälraum. Auf dem Flur roch es noch nach Mittagessen. Was vermischt mit Geruchsresten von Reinigungsmitteln eine Krankenhaus- oder Heimatmosphäre erzeugte. Wahrscheinlich gab es noch zusätzlich zum regulären Abendessen Reste vom Mittag. Man hörte Geräusche, die vom Hantieren mit Geschirr herrührten. Hin und wieder mischten sich Stimmen mit hinein. Etwas fiel herunter und dröhnte Sekunden nach, bis es schließlich zur Ruhe kam.

Die letzte Tür auf der linken Seite vor dem Tagesraum war das Stationszimmer. Die Ärztin trat mit Bestimmtheit ein. Sie schloss die Tür schnell, um zu vermeiden, dass sie von Patientinnen in ein Gespräch verwickelt wurde. Wie die meisten Zimmer dieser Art, war der Raum funktionsgerecht eingerichtet. Auffallend war die Trennscheibe, durch die man in den Tagesraum blicken konnte. Sie ließ keine Geräusche hindurch. Man konnte sich also ganz normal unterhalten und auch über Vorfälle auf der Station sprechen, ohne dort gehört zu werden. Da man aber auch von drüben gesehen wurde, kamen die Frauen häufig ganz dicht an die Scheibe heran. Manche drückten einen Kuss auf das Glas oder winkten, um Aufmerksamkeit zu erregen. An einem größeren Tisch fanden sechs Personen Platz. Die Stühle wirkten preisgünstig, aber bequem. Eine grelle Neonbeleuchtung an der Zimmerdecke wurde durch zwei moderat schimmernde Stehlampen domestiziert. Medikamentenschränke und eine fahrbare Patientendatei, die auf einem teewagenähnlichen Gestell stand, ergänzten das Anstaltsambiente.

„Hallo, da bin ich mal wieder. Gibt's was Neues?" Die Ärztin. wandte sich an eine Frau mittleren Alters mit einem grauen Bubikopf, der vermuten ließ, dass er mal ein Schwesternhäubchen getragen hatte. Doch diese Zeiten waren vorbei. Jetzt wünschte man, dass das Pflegepersonal möglichst familiär den Patienten begegnete. Die weiblichen Pflegekräfte waren nur noch an einer grauen Schürze und einem Button mit Namen auf der Strickjacke oder Bluse zu erkennen. Schwester Louise saß mit dem Gesicht zur Tür hinter einem

Schreibtisch. Vor sich hatte sie eine Patientenakte, die sie von einem hohen Stapel genommen und nach kurzem Hineinschauen auf einen niedrigeren legte. Sie war nicht allein. Am sogenannten Besprechungstisch saß ein junges Mädchen, das damit beschäftigt war, mit gut lesbaren Buchstaben etwas in ein Oktavheft zu schreiben. Auf ihrem Button stand „Sabine" und mit kleiner Schrift darunter „Stationspraktikantin". Sie sah nur kurz auf, als die Ärztin hereinkam und wandte sich gleich wieder dem Prokolieren oder Planen ihrer Arbeitstage zu. „Unsere Frau Breslauer hat sich mit ihrer Tischnachbarin angelegt." Louise Hartmann holte zum längeren Erzählen aus. Die Ärztin ergriff einen Stuhl und ließ sich ein wenig fläzig darauf nieder. Sie bekam plötzlich Lust auf eine Zigarette. Zwang sich aber zur Beherrschung. Die Frauen im Tagesraum richteten sich sowieso schon ihre Gesundheit mit Kettenrauchen zugrunde. „Man hat doch eine Verantwortung diesen armen Geschöpfen gegenüber", dachte sie. Doch gleich rief sie ihr Inneres wieder zur Ordnung: „Das sind ganz normale Kranke, keine armen bedauernswerten Geschöpfe, wie man das vor hundert Jahren diskriminierend meinte. Schizophrenie kann jeder kriegen, wie Arthrose oder Krebs."

„Und was geschah weiter?" Wandte sie sich nun

betont interessiert der Stationsschwester zu. „Ja, die beiden Frauen hatten in letzter Zeit manchmal Streit, obwohl sie früher befreundet waren. Sie waren ja zusammen vor bald zehn Jahren aus dem Landeskrankenhaus in Lg. gekommen. Ein Herz und eine Seele wie Pat und Patachon. Ich musste immer lachen, wenn ich die Breslauer mit Frau Wolf im Garten sah." Schwester Louise schmunzelte bei dem Gedanken, dass auch sie schon zum Urgestein von Eichenhausen gehörte. Ja, auch sie hatte in den Jahren hier manche Stationsärzte kommen und auch wieder gehen sehen. Sie würde wohl auch die jetzige noch beruflich überleben. Bereitete ihr das Genugtuung? „Nein", sagte sie sich. „Aber man merkt eben doch, wie die Zeit vergeht." Dann ist sie wieder bei der Schilderung des Zwischenfalls auf der Station. „Irmi, ich meine Frau Breslauer, schrie plötzlich auf und schlug auf ihre Tischnachbarin heftig ein. Ich war erstaunt, was die noch für Kräfte hat. Sie hätte Frau Wolf erwürgt, wenn wir nicht sofort dazwischen gegangen wären." „Was war denn eigentlich der Anlass für ihren Wutausbruch" Um den Jipper auf die Zigarette in den Griff zu bekommen, hatte sich die Ärztin einen Pfefferminzkaugummi in den Mund geschoben. „Die Breslauer meinte, Frau Wolf hätte sich die größere Roulade auf den Teller gelegt. Das brachte sie völlig in Rage. Dabei ist es doch gerade Irmi Breslauer selbst, die sich beim Essen alles hineinstopft. Sie hat ja nun wirklich reichlich Übergewicht." Die Ärztin nickte bestätigend. „Nachdem sie immer weiter schrie und um sich schlug, mussten wir ihr eine Beruhigungsspritze geben. Jetzt ist wieder alles im Lot." Die Ärztin atmete kaum hörbar auf. „Wo ist die Patientin jetzt? Ist sie auf der Krankenstation?" „Das war nicht notwendig. Nachdem das Essen abgetragen und die Frau Wolf auf ihr Zimmer gegangen war, klang die Wut der Breslauer schnell ab. Übrigens dort an der Wand sitzt sie und tut lammfromm, als könnte sie kein Wässerchen trüben." Louise deutete auf das Glasfenster, das den Blick in den Tagesraum der Patientinnen gestattete.

„Na, das habt ihr ja gut im Griff gehabt", sagte die Ärztin und war plötzlich in Eile. „Ich nehme mir mal die Akte Breslauer mit. Muss da mal was raussuchen. Der Vormund muss einen Bericht für das Gericht schreiben. Er hat angefragt, wie es seiner Mutter geht." Sie klemmte sich eine prall gefüllte grüne Mappe unter den Arm. „Also schönen Abend noch! Hast du heute Nacht frei?" Sie schaute die Schwester etwas fragend an. „Ja, zum Glück. Gleich muss auch die Nachtschicht kommen, dann bin ich sofort weg." Maria Meyer-Schwarzberger hatte die Tür zum Flur schon hinter sich schnell ins Schloss fallen lassen.

Mit wehendem Kittel über Winterrock und Pullover eilte sie über den langen hellen Gang nach draußen. „Man muss, wenn man mehrmals am Tag über das Gelände läuft, aufpassen, dass man sich nichts wegholt, immerhin haben wir schon Ende Oktober." Stellte sie fest und fand es in Ordnung, dass sie auch mal wieder an sich selbst denken konnte. Nach etwa zehn Minuten war sie mit dem ziemlich schweren Aktenvorgang unter dem Arm am Haupthaus angekommen. Hier hatte sie ein Büro. Sogar mit Vorzimmer und einer Sekretärin. Die sie sich allerdings mit dem Direktor teilen musste. Der hatte ja noch mehr Verwaltungskram am Hals als sie, die sich schon langsam auf den totalen Ruhestand vorbereitete. Als Haupthaus wurde der alte Klostertrakt bezeichnet, der in früheren Zeiten einmal den Zisterziensern Heimstatt, Gebets- und Arbeitsstätte war. Die dazu gehörigen umfangreichen Ländereien bildeten die Voraussetzung für das heutige Klinikgelände. Hier schlug jetzt das verwaltungsmäßige Herz des Landeskrankenhauses. Mit den Büros für den ärztlichen Direktor, der Pflegedienstleitung und des Verwaltungsleiters, der auch das Personalwesen unter sich hatte. Außerdem gab es einen technischen Leiter, der einer Reihe von Leuten vorstand, die man im Volksmund als Hausmeister bezeichnete. Maria Meyer-Schwarzberger war froh, dass die leitenden Stationsärzte hier etwas abseits von ihren täglichen Aufgabenfeldern ihre Arbeitszimmer hatten. Hier konnten sie ungestört Gespräche füh-

16

ren, Akten studieren, Berichte, Gutachten und Briefe schreiben oder entwerfen.

Die Ärztin nahm in ihrem spärlich eingerichteten Arbeitszimmer an dem braunen Schreibtisch Platz, an dem schon einige Mediziner vor ihr Patientenakten durchgesehen hatten. Innerlich gesammelt legte sie die mitgenommene Akte vor sich auf die Schreibtischplatte. Ja, das konnte sie, ihre gesamte Aufmerksamkeit auf eine Sache lenken. Konzentration im entscheidenden Moment, das war ihre Stärke. Damit hatte sie schon als Studentin ihre Prüfer beeindruckt. Aber das war lange her. Wenn man älter ist, wird diese Selbstverständlichkeit eben doch zu einer Eigenschaft, für die man immer dankbarer wurde. Wie so oft, bevor sie eine Arbeit begann, streifte ihr Blick das Gemälde von Turner, das den Mittelpunkt der rechten Wand ihres Arbeitszimmers bildete. Eigentlich sah man darauf nur bläuliche Nebel. Die aber je weiter man sie nach oben verfolgte immer durchsichtiger wurden. Waren es nicht Bäume und Äste, die man je länger man hinschaute, wahrzunehmen glaubte? Ihr gefiel dieses Bild. Es hatte einige Jahre in ihrem Zimmer zu Hause in L. gehangen, während ihrer beruflichen Abstinenz. Sie hatte es, nachdem sie die Stelle bekommen hatte, mitgebracht und hier aufhängen lassen. „Was ist schon im Leben eindeutig?", sinnierte sie. „Machen wir es nicht erst dazu, oft mit viel Kraft und Anstrengung?"

Dann öffnete sie den mitgebrachten Aktenvorgang. „Irma, Emma, Dorothea Breslauer, geborene Horn. Geboren am 12. Januar 1913 in Hamburg."

Die Ärztin nahm einen Notizzettel vom Stapel auf dem Schreibtisch. Nach kurzem Zögern begann sie mit einer allem Ärzte-Gekritzel widersprechenden gut lesbaren Handschrift zu schreiben:

„Auffällig ist, dass der Vormund (Sohn) von Frau I. Breslauer, die schon seit fast zehn Jahren auf der geschlossenen Frauenstation unseres Landeskrankenhauses lebt, nur sporadisch den Kontakt zu seinem Mündel (Mutter) pflegt. Und eigentlich auch nur, wenn es gar nicht mehr anders geht, mit dem Landeskrankenhaus in Kontakt tritt. Das hat dazu geführt, dass sich auf dem Eigengeldkonto obiger Patientin über einen längeren Zeitraum eine stattliche Summe von 2300,-DM angesammelt hat und dort eigentlich nur lagert, ohne für die Patientin von Nutzen zu sein. Diese Gelder sollen aber zum Wohle der Patienten eingesetzt werden."

Sie hielt mit dem Schreiben inne und dachte: „Am besten ich teile das dem Vormund mal schriftlich mit. Seltsam, dass der so wenig in Erscheinung tritt. Bin doch nun schon einige Zeit hier, und ich kenne ihn gar nicht."

Dann dachte sie an das Gespräch vorhin mit Louise auf 3a. An das Fenster zum Tagesraum, an die Patientinnen, die den Rahmen ausfüllten.Die vorwiegend älteren Frauen saßen auf Stühlen oder abgenutzten Möbelstücken an den Seiten. Manche schliefen entspannt, manche starrten angespannt irgendwo hin ins Leere. Andere sprangen immer wieder auf. Wie Unbeholfene bei einer Turnübung. Streckten die Arme noch oben oder schlugen ihre Hände mit Wucht gegen den Kopf. Doch die meisten saßen nur lethargisch da und dösten vor sich hin. Welche von den Frauen hinter der Glasscheibe war noch mal Frau Breslauer? Einen Herrenschnitt hatten ja fast alle. Eine Kittelschürze auch. Dann erinnerte sich die Ärztin wieder. Sie saß in der Nähe des Fernsehers. Von Wut und Aufregung war ihr nichts mehr anzumerken. Sie wirkte nun eher entspannt, wenn sie auf den Bildschirm schaute. Außerdem sah sie für ihr Alter noch ganz passabel aus. Im Gegensatz zu manchen anderen, die durch körperliche Handikaps auffielen. Nur dick war sie, gerade um den Bauch herum. Adipositas. Sie aß zu viel. „Bei den Mahlzeiten stopft die Patientin alles in sich hinein", stand in mehreren Klinikberichten, die die Ärztin selbst verfasst hatte. Wenn sie nicht gerade mit dem Es-

19

sen beschäftigt war, paffte sie eine Zigarette nach der anderen. Bei ihr nützten Ermahnungen nichts. Sie war Kettenraucherin. Aber damit stand sie nicht allein. Viele der Patientinnen, die in ihrem Leben Alkoholprobleme hatten, verlegten sich bei striktem Alkoholverbot, wie es auf allen Stationen praktiziert wurde, auf das Rauchen. Damit der Tagesraum von Zigarettenqualm verschont blieb, war man dazu übergegangen die Besucherzimmer zu Raucherräumen umzufunktionieren. Wenn jemand von den Angehörigen, der Nichtraucher war, diese Räume betrat, fragte er bald, ob er mit seiner Verwandten spazieren gehen dürfte. Frau Breslauer war hier also mit ihrer Rauchsucht in guter Gesellschaft. Personal, Ärzte und Psychologen sahen darin das kleinere Übel. Schwerwiegender war der zunehmende Persönlichkeitsverfall, der mit der Krankheit zusammenhing. Wenn man Irma Breslauer nicht dazu anhalten würde, sich regelmäßig zu waschen und auf ihre Kleidung zu achten, würde sie es nicht tun und sich total körperlich vernachlässigen. Aber trotz mancher Hilfestellungen und medizinischer Maßnahmen bekam sie ab und zu aggressive Anwandlungen. Dann sprang sie plötzlich auf und griff Mitpatientinnen an, weil sie sich über irgendwas geärgert hatte, so wie heute Abend. Ebenfalls kam es vor, dass sie plötzlich gellend aufschrie und um sich schlug, als müsste sie sich gegen unsichtbare Bedrohungen wehren. „Das sind die Stimmen", dachte die Psychiaterin. „Die Stimmen, von denen in zahlreichen Gutachten der Kollegen und auch von ihr selbst immer wieder die Rede war. Schon in den älteren Berichten aus den 60ger Jahren schrieben die von akustischen Halluzinationen, die ihr Befehle erteilten."

In diesen frühen Phasen ihrer Erkrankung konnte sie aber immer wieder nach Ablauf der klinischen Behandlung zu ihrem Ehemann nach Hause zurückkehren. Wobei sie gar keinen festen Wohnsitz hatte. Sie wohnte auf einem Binnenschiff, auf dem sie mit ihrem Mann Flüsse und Kanäle befuhr. Das ging dann eine Weile gut, bis sich die Erkrankung wieder meldete; meistens heftiger als zuvor. Wenn sich eine neue akute Phase ankündigte, so war das daran zu erkennen, dass die Patientin fluchtartig das Schiff bei der nächsten Gelegenheit verließ. Sie musste dann gesucht werden, oftmals auch mit der Polizei. Nachdem man sie gefunden hatte, stellte sich heraus, dass sie oft Tage und Nächte ziellos herumgeirrt war. Der Ehemann war ein einfacher Mann, der mit der Erkrankung seiner Frau vollkommen überfordert zu sein schien. Er gab damals dem Medizinalrat Dr. W. aus Lg. zu Protokoll, dass es auch noch einen 17-jährigen Sohn gab, der in Hamburg Kaufmann lernte. Wenn der wieder auf das Schiff zurückkommen würde, dann könnte der ja auf seine kranke Mutter aufpassen. Vielleicht würde sie ja auf den hören. Früher hätte sie das immer getan.

Dr. Meyer-Schwarzberger schaute sich den alten ersten Bericht an. Er war datiert vom 2.Juli 1962. Der Ehemann war drei Jahre später verstorben. Bis zu seinem Tod war er der amtliche Vormund seiner Frau. Danach hatte der Sohn nach Erlangung der Volljährigkeit die Aufgaben des Vaters vom Vormundschaftsgericht übertragen bekommen. „Also schreiben wir dem mal, damit er den weiteren Verbleib seiner Mutter in unserer Einrichtung beim Gericht beantragen kann." Die Ärztin nahm das Diktiergerät, schaltete es ein und begann mit ruhiger, gleichmäßiger Stimme zu sprechen: „Briefkopf: Westfälisches Landeskrankenhaus Eichenhausen und so weiter. Herrn Arno Breslauer, Adresse und so weiter. Als Datum bitte den 20.Oktober 1982. Betrifft: Patientin Irma Breslauer und so weiter. Ihre Anfrage zum Eigengeldkonto und zum Verbleib in unserer psychiatrischen Einrichtung.

Sehr geehrter Herr Breslauer,

mir ist aufgefallen, dass sich auf dem Eigengeldkonto Ihrer Mutter hier bei uns ein stattlicher Betrag von 2300,-DM angesammelt hat. Das Geld soll den Patienten zugutekommen. Ich würde vorschlagen, Sie kaufen ihrer Mutter eine hochwertige Bettdecke, die in ihren Privatbesitz übergehen kann. Davon hat sie wirklich etwas. Vielleicht kaufen Sie ihr auch das eine oder andere Kleid. Allerdings müssen Sie bedenken, dass Ihre Mutter unter Adipositas leidet und wegen ihres Körperumfanges nur extrem starke Größen tragen kann. Vielleicht setzen Sie sich diesbezüglich einmal mit der Stationsschwester in Verbindung. Oder Sie bitten sie, die Einkäufe für Ihre Mutter an Ort und Stelle vorzunehmen.

Aber am besten wäre es, wenn Sie selbst diese Sachen bei einem Besuch vorbeibringen würden. Diese Patienten leben davon, dass sie Kontakt zu ihren Angehörigen behalten. Auch wenn man sich vielleicht gar nicht so viel zu sagen hat, die Geste zählt.

Hier stellte die Ärztin das Diktiergerät kurz ab. Es war fast schon neun geworden. Aber sie wollte diesen Brief noch zu Ende diktieren. „Die Geste, ja Geste ist gut." Dachte sie. Also begann sie den Satz noch einmal.

Es kommt bei diesen Kranken darauf an, da, wo im Leben die Wurzeln zur Tiefe der Persönlichkeit abgestorben sind, wenigstens die Gesten von Liebe und Verbundenheit nicht abreißen zu lassen. Sie glauben gar nicht, sehr geehrter Herr Breslauer, wieviel Sie durch diese Gesten im Wohlbefinden Ihrer Mutter bewirken können.

Ansonsten habe ich den Eindruck, dass sie gern in unserer Einrichtung lebt. Im Verlauf der letzten Monate hat sich an der Erkrankung keine wesentliche Änderung gezeigt. Wie Sie wissen, ist Ihre Mutter an einer seit vielen Jahren bestehenden Psychose aus dem schizophrenen Formenkreis erkrankt, die mit der Zeit zu einer Persönlichkeitsveränderung geführt hat. Gleichzeitig kommt es bei ihr immer wieder zu depressiven Verstimmungen. Im Laufe der Jahre ist außerdem ein geistiger und körperlicher Abbau bei ihr erkennbar.

Insgesamt bin ich der Meinung, dass bei der vorliegenden Erkrankung Ihrer Mutter, die Unterbringung in einer psychiatrischen Einrichtung wie in unserer Klinik nach wie vor notwendig ist.

Wenn Sie noch Fragen haben, wenden Sie sich bitte an mich.

Mit freundlichen Grüßen
Dr. Meyer-Schwarzberger, Landesobermedizinalrätin

Die Psychiaterin schaltete das Gerät nun endgültig aus und legte es zum Abhören und Schreiben des Briefes in den Briefkorb für die Sekretärin. Dann atmete sie stark aus und sprach zu sich selbst: „Das sollen die dann morgen im Büro tippen. Ich habe heute genug getan. Einmal ist auch Schluss."

Sie legte ihren Arztkittel über den Stuhl, zog den regenfesten Mantel an und eilte über die Flure der ehemaligen Abtei zum Mitarbeiterparkplatz. Dann ließ sie sich in den Autositz fallen und fuhr in die Dunkelheit hinein, die von den Scheinwerfern des Wagens erhellt wurde.

Der Vormund

Er saß am Schreibtisch. Wenn er sich umwandte, blickte er in einen spätherbstlichen Garten. Die meisten Bäume hatten ihr Laub schon abgeworfen. Nur wenige Blätter hielten noch den Herbststürmen stand und hingen an den Zweigen. Der Vormund begann seinen Dienst zwischen acht und neun. Vor einigen Monaten war er Vater geworden und wollte sich als guter Vater erweisen. Deshalb wachte er nachts am Bett seines Sohnes, wenn der nicht einschlafen konnte. Frieda, seine Frau, befand sich in Elternzeit und war deshalb zu Hause. Normalerweise arbeitete sie als Sozialpädagogin in einer Schule für behinderte Kinder. Vielleicht war das der Grund, warum er dachte, dass gesunde Kinder nicht selbstverständlich sind. Und dass wiederum auch der Grund für sein nicht stabiles gutes Gewissen in Bezug auf seine Vaterrolle; wenigstens ein Grund. Ein anderer bestand in der Art, wie er seinen Beruf ausübte. Er befand sich ständig auf dem Sprung und hatte zu Hause oft ein schlechtes Gewissen.

Der Vormund hatte die Stelle in dieser Vorstadt-Kirchengemeinde vor zwei Jahren bekommen. Sein Dienstsitz, das Pastorat, lag relativ weit von Kirche und Gemeindezentrum entfernt. Er musste erst eine Strecke mit dem Auto, Fahrrad oder zu Fuß bewältigen, um dort hin zu gelangen. Deshalb hatte er ein persönliches Arbeitszimmer zu Hause.

Dort saß er also an diesem Morgen und studierte den Terminkalender. Neugierig darauf, was der Tag wohl alles an Ereignissen für ihn bereithalten würde.

Um neun war die, im wöchentlichen Turnus stattfindende Mitarbeiterbesprechung. Bei der er seinen älteren Kollegen und die anderen Mitarbeitenden treffen würde. Diese Zusammenkunft löste sich meistens nach zwei Stunden auf; was vom Interessantheitsgrad der behandelten Themen abhing. Nach der persönlichen Meinung des Pastors wurden hier zu viele Belanglosigkeiten durchgehechelt. Doch in der Regel war es hilfreich, sich abzustimmen und die Termine miteinander abzugleichen, damit man nicht nebeneinanderher arbeitete. Der Gemeinschaftsgedanke war den Beschäftigten wichtig. Wenn sich viele für ein Projekt begeistern konnten oder wenigstens bereit waren, sich daran zu beteiligen, dann musste die Sache doch besser gelingen, als wenn Einzelkämpfer sich allein an ihren Schreibtischen ihre individuellen Gedanken machten, glaubte man. Pastor Breslauer aber ertappte sich häufiger bei dem Gedanken, dass es auch den Spruch gab: „Viele Köche verderben den Brei." Doch das behielt er lieber für sich. Jedenfalls war er froh, wenn die vorgesehene Zeit möglichst genau eingehalten wurde, und er bald wieder an seinem Schreibtisch sitzen konnte.

An diesem Vormittag erwartete er noch einige Anrufe wegen des bevorstehenden Gemeindeseminars. Außerdem würde die Post sicher schon dagewesen sein. Mit der auch noch schriftliche Anmeldungen eintrudeln konnten. Ganz nebenbei freute er sich auf Frieda und den Kleinen. Der war mit Kaiserschnitt zur Welt gekommen. Seine Frau war durch und durch ängstlich. Breslauer fand, dass sie sich jeden unnötigen Stress und Schmerz bei der Geburt ersparen sollte. Am frühen Nachmittag müsste er schon wieder los. Heute hatte er Konfirmandenunterricht. Auch der Abend war durch eine Sitzung verplant. Doch jetzt wollte er sich Zeit lassen wenigstens in Ruhe die Post zu lesen oder zu überfliegen. Sie war durch den Briefschlitz an der Haustür auf den steinernen Fußboden gefallen.

So sammelte er also, wie an jedem Tag, den Stapel an Zustellungen ein und begab sich in sein privates Reich. Frieda war mit dem Kind noch unterwegs. „Sie kennt Gott und die Welt", dachte er. „Sie wird sicher erst zurückkommen, wenn ich schon beim Konfirmandenunterricht bin." Er schaute auf seine Armbanduhr und dachte: „Wenn das Postangucken nicht zu lange dauert, habe ich vielleicht noch Zeit zum Chinesen zu gehen."

Die Kirchenverwaltung hatte geschrieben. Den umfangreichen Vorgang legte er in einen Briefkorb für die spätere Bearbeitung. Es waren, wie erwartet, noch schriftliche Anmeldungen für das Seminar dabei. Dafür hatte er einen extra Ordner. Auch Werbung lag zwischen der Post und wurde aussortiert. Zuletzt blieben noch die privaten Briefe, die für Frieda und ihn bestimmt waren – meistens Arztrechnungen.

Dann stutzte der Pastor. Da war ja noch ein Brief. Den hatte er gar nicht bemerkt. Er trug den Absender: **Westfälische Klinik für Psychiatrie Eichenhausen**. „Was wollten die denn nun schon wieder?" Vor einigen Tagen hatte er doch erst die benötigten Auskünfte über die Höhe des Eigengeldkontos erhalten. Sogar mit Vorschlägen, was er seiner Mutter kaufen sollte. Außerdem die Stellungnahme der Stationsärztin über den weiteren Verbleib der Patientin Breslauer in der Klinik. Dummerweise hatte er bei seiner Bitte um Informationen über seine Mutter der Klinik voreilig mitgeteilt, dass er vorhätte, sie noch im Herbst zu besuchen. Das hatte man dort aufgegriffen und war davon ausgegangen, dass er bei diesem Besuch die eingekauften Sachen persönlich mitbringen würde. Doch mit diesem Besuch dort würde es nichts werden, weil er in dieser Zeit seinen Dienst nicht unterbrechen konnte. Deshalb hatte er mit der Stationsschwester telefoniert. Sie war freundlich und verständnisvoll und ging auf seine Bitte ein, die Einkäufe in der Kreisstadt selbst zu erledigen. Außerdem bot sie sich sogar an, die Rechnungen der zuständigen Verwaltungsstelle im Krankenhaus direkt vorzulegen, damit er keine Umstände hätte. Das fand der Pastor und Vormund sehr entgegenkommend.

Aber was hatte es nun mit diesem erneuten Schreiben auf sich? Ihm war immer ein bisschen mulmig, wenn es um die Vormundschaftsangelegenheiten seiner Mutter ging. Das Amt des Vormunds wurde ihm ja nach dem Tod seines Vaters förmlich aufgedrängt. Damals hatte das Gericht beim Schifferbetriebsverband angerufen, um seine Studentenadresse herauszubekommen. Sie schrieben, dass es besser sei, wenn jemand aus der Familie die Vormundschaft für die Mutter übernehmen würde. „Ich rate Ihnen", so der Richter „die Bestallung zum Vormund über Ihre Mutter zu beantragen. Sie sind ja bald einundzwanzig und damit volljährig." Also kurz und bündig. Widersetzen wollte er sich nicht. Dazu fehlten ihm triftige Gründe. Außerdem hatte er den Eindruck, dass Ratschläge von Gerichten so etwas wie Befehle waren, die man, trotz höflicher Wendungen, einfach auszuführen hatte. Nun mit 37 Jahren war ihm diese Vormundschaft zu einer selbstverständlichen Bürde geworden. Fast wie bei einer Einschränkung des eigenen Lebens durch eine Behinderung, mit der man nun mal leben musste.

Er reiste nicht oft zu seiner Mutter. Obwohl man es beim Gericht gern gesehen hätte. „Ich muss die Besuche dosieren", seufzte er. „Ich kann mich nicht mit diesen Problemen aus der Vergangenheit in meinem jetzigen Alltag ständig auseinandersetzen. Es zehrt an meinen psychischen Kräften, die ich in meiner Arbeit brauche."

Pastor Breslauer hatte sich wegen seiner Kindheit bei Eltern, die Alkoholiker waren und nicht in der Lage, ihren Sohn rechtzeitig in die Schule zu schicken und ihr Geld zusammenzuhalten, oft geschämt. Stattdessen gingen sie zweimal mit ihren Schiffen Bankrott. Und dann war da auch noch die schizophrene Mutter, bei der Arno Breslauer als Kind nie wusste, woran er war. Die mitten im fröhlichen Spiel eine Gabel oder sogar ein Küchenmesser auf ihr völlig verängstigtes Hätschelkind warf, das versuchte, Schutz beim Vater zu finden. Der aber war mit allem überfordert und brüllte nur herum, wobei er keine andere Möglichkeit fand, als den zum Scheitern verurteilten Versuch, die kranke Frau durch Schläge wieder zur Vernunft zu bringen. Das aber führte nur dazu, dass die dann, wenn das Schiff angelegt hatte, schreiend von Bord rannte und ihren Sohn mitnahm. Der versuchte auf sie einzureden; eine Logik für ihr Verhalten zu finden. Aber es half kein Zureden, kein

Armedrücken, kein Küsschen auf ihre Hände. Sie schrie nur, dass der Vater ein Mörder sei, einer, vor dem sie ihren Sohn schützen müsste. Und sie sprach von unheimlichen Befehlen und von der Atom-Sonne, die als große Kugel sich zum Lautsprecher für diese Stimmen machte. Ja, was wusste sie denn, ob ihr Sohn überhaupt noch ihr Sohn war. Vielleicht war er ja schon einer von den vielen hinterhältigen Spionen, die Stimmen nachahmten und zu anderen Gestalten werden konnten. „Wer weiß, wer weiß." Und die Mutter wandte sich mit hasserfülltem Gesicht von ihrem Kind ab, das versuchte, von ihr größeren Abstand zu halten.

Das alles hatte der Vormund für sich behalten. Sozusagen in seinem Herzen verschlossen. Unter Angst gelebt, dass es die Kollegen in den Konventen erfahren könnten, aus welchem „Stall" ihr Amtsbruder Breslauer kam. Und er war froh, wenn er einmal unbelastet von seiner Herkunft in seiner eigenen Familie mit Frau und Sohn und in seinem Beruf als Pastor und Seelsorger leben konnte. Von dem die Menschen in seiner Gemeinde dachten: "Ach der Pastor Breslauer, der kommt doch sicher aus einer Lehrerfamilie und weiß nichts von uns Arbeitern und einfachen Leuten."

Und nun kam ein Brief aus der Klinik, in dem eine wackere Ärztin Folgendes schrieb:

Sehr geehrter Herr Breslauer!

Es ist mir völlig klar, dass Sie Ihrer Mutter nicht so oft schreiben können, wie sie sich das wünscht. Aber ich möchte doch darauf hinweisen, dass sie auf ein paar Zeilen von Ihnen immer sehr wartet.

Wenn diese dann kommen, ist sie ausgesprochen glücklich und kommt auch körperlich viel besser zurecht als sonst.

Wenn es Ihnen möglich ist, würde ich Sie im Interesse Ihrer Mutter bitten, den leider ausgefallenen Herbstbesuch im November, bzw. in der Adventszeit nachzuholen.

Mit freundlichem Gruß,
auch an Ihre Frau

Dr. Meyer-Schwarzberger
(Landesmedizinaldirektorin a.D.)

Wenn der Vormund, allein schon durch die Tatsache, dass ein Brief aus dem Landeskrankenhaus eintraf, mit einer Palette an negativen Erinnerungen und Gefühlen kämpfen musste, kann man sich vorstellen, dass er von diesem Schreiben der Stationsärztin ziemlich unangenehm berührt war. Er steckte es errötend in den Umschlag zurück, legte ihn auf ein Buch in seinem Regal und machte sich schleunigst zum Chinesen auf, um für den baldigen Konfirmandenunterricht, wenn auch nicht seelisch, so doch wenigstens körperlich gestärkt zu sein. Er würde sich nicht vorschreiben lassen, wann er seine Mutter zu besuchen hätte und schon gar nicht, wie er fand, in dieser ziemlich befehlerischen Art und Weise. Er würde dieser Ärztin, die er sich fast wie seine frühere Erzieherin im Heim vorstellte, angemessen antworten.Er schrieb zwar nicht gern; nur, wenn er musste. Nun aber hatte er das Gefühl, dass er musste, und das dringend.

Einige Tage später folgte dann sein Antwortschreiben:

> Sehr geehrte Frau Doktor Meyer-Schwarzberger!
>
> Ich habe lange mit mir gerungen, ob ich Ihnen schreiben soll.
> Es sind zwei Ebenen, die mich an Ihrem Brief berührt haben:
> Auf der einen Seite bin ich Ihnen dankbar. Ich spüre Ihr Engagement und die Sorge um die Patienten - in diesem Fall um meine Mutter. Das finde ich in Ordnung und freue

mich, dass meine Mutter in Ihrer Obhut ist. Auf der anderen Seite jedoch denke ich, dass Sie etwas nicht richtig verstehen, und ich fühle mich von Ihnen ein wenig bedrängt. Ich weiß nicht, wie ich es richtig formulieren soll. Ich höre aber den Vorwurf heraus, dass ich mich um meine Mutter nicht genügend kümmere. Und das berührt mich unangenehm. Ich muss Sie nicht daran erinnern, dass so eine psychische Erkrankung, wie meine Mutter sie nun schon viele Jahre hat, Folgen hinterlässt. Auch für die Menschen aus dem engeren familiären Umfeld. Viele haben mitgelitten und leiden immer wieder mit, die Kinder, Ehepartner und Geschwister. Es wurden Hoffnungen und Wünsche durch die Erkrankung zunichte gemacht. Unsere Familie ist praktisch an der Krankheit meiner Mutter zerbrochen. Ich habe ohne den Beistand der Eltern meinen Weg gehen müssen.

Es mag nicht richtig sein, aber es gibt Momente, da möchte ich das alles vergessen und nicht mehr daran erinnert werden. Gewiss, das wäre ein Unrecht, denn meine Mutter kann nichts dafür. Und sie braucht den Kontakt und die liebevolle Zuwendung persönlich und brieflich. Den möchte ich ihr, so gut ich es kann, auch zukommen lassen.

Verzeihen Sie, wenn ich vielleicht zu viel von meinen eigenen Gedanken und Gefühlen geschrieben habe, wo es doch vorrangig um die kranke und hilfsbedürftige Patientin gehen müsste. Aber man fragt sich manchmal, was man noch gemeinsam mit dem jetzigen Menschen hat, der einst die Mutter war.

Ich werde es trotzdem immer wieder versuchen, den schriftlichen und persönlichen Kontakt zu meiner Mutter zu halten und glaube auch, dass es der Kranken hilft, wenn sie sagen kann: „Seht mal, mein Sohn hat mir geschrieben!"

Und dabei eine schwache Brücke von mir zu ihr aufrechterhalten wird.

Entschuldigen Sie, wenn dieser Brief zu persönlich geraten ist.

Mit freundlichen Grüßen

Arno Breslauer

Die Ärztin

Auch die Ärztin hatte viel zu tun. Dazu kam, dass ihre persönlichen Probleme seit ihrem Ausscheiden aus dem aktiven Dienst im Gesundheitsamt größer geworden waren. Ihre Ehe war nach dreißig Jahren in die Brüche gegangen und die Kinder gingen auch ihre eigenen Wege. Ohne groß bemüht zu sein, den Kontakt zu ihrer Mutter aufrechtzuerhalten. Nun war sie am Ende ihrer Laufbahn im Westfälischen Landeskrankenhaus Eichenhausen gelandet, weil sie sich für den totalen Ruhestand noch nicht alt genug fühlte. Dort arbeitete sie als Stationsärztin mit eingeschränkter Stundenzahl und hatte mehr Zeit für die einzelnen Patientinnen

Mit ihren Gedanken beschäftigt, sah sie sich an diesem Morgen ebenfalls die Post an und fand unten den Briefen ein Schreiben des Vormunds aus Norddeutschland. Sie erinnerte sich gut daran, dass sie ihn vor einigen Wochen an seine Pflichten erinnert hatte. „Sachlich und doch freundlich", wie sie meinte.

Aufmerksam las sie die, mit der Maschine geschriebenen Zeilen; über manche musste sie schmunzeln. „Da hat sich jemand aber angegriffen gefühlt. Doch das hat was mit dem Schreiber selbst zu tun. Ich habe ihn doch nur an den Besuch bei seiner Mutter erinnert, den er selbst angekündigt hatte. Aber wenn man schon ein schlechtes Gewissen hat und etwas gepikst wird, denkt man, es sind Messerstiche. Also schreiben wir dem nochmal." Sie griff nach dem Diktiergerät.

„Brief an den Vormund von Irma Breslauer, geb. 12.01.1913, heutiges Datum:

Sehr geehrter Herr Breslauer!

Haben Sie herzlichen Dank für Ihr Schreiben vom… Ich habe mich über den Brief sehr gefreut, und ich kann mich durchaus in beide von Ihnen geschilderten Ebenen hineinfühlen. Sie haben auch völlig richtig empfunden, dass ich mich primär für Ihre Mutter verantwortlich fühle und deren Belange vertrete. Dabei ist mir jedoch das Verständnis für die „andere Seite" nicht verlorengegangen. Es ist ja nicht nur so, dass an der Krankheit Ihrer Mutter, zu der sie natürlich nichts kann, die Familie und Ihre Kindheit zerbrochen ist, mir erscheint beinahe schwerwiegender, dass die Krankheit im gemütsmäßigen Bereich eine Einebnung zur Folge hat, die auch den gutwilligsten Angehörigen den Kontakt schwer machen. Es gehört schon eine Menge Einsatz dazu, um, wenn man auf die mangelnde Schwingungsfähigkeit im zwischenmenschlichen Kontakt stößt, nicht mutlos zu werden. Ich könnte mir vorstellen, dass bei einem Besuch, es gerade diese fehlende Resonanz ist, die die Vergangenheit wieder aufleben lässt. Nein, Herr Breslauer, ich will Sie nicht bedrängen, ich weiß ja nicht einmal, wieviel im Gemütsbereich Ihre Mutter tatsächlich empfindet. Aber man sollte den Rest, der ansprechbar ist, nicht, wenn Sie so wollen, verhungern lassen. Ich weiß nicht einmal, ob tatsächlich Besuche, wenn Sie Ihnen schwer fallen oder auf Kosten der Familie gehen, so wichtig sind. Ob es nicht viel wichtiger wäre, dass Sie hin und wieder mal einen kurzen Gruß schicken. Geld ist absolut nicht notwendig. Ich werde Ihnen schreiben, sowie ich den Eindruck gewinne, dass Ihre Mutter tatsächlich einen Besuch sehr wünscht. Ich möchte glauben, dass ich das mitbekomme, wenn sie darunter leidet. Was ihr auch sehr helfen würde, könnte ich mir denken, sind Fotos von Ihnen und Ihrer Familie.

Ich bitte zu entschuldigen, dass ich Ihnen erst heute antworte, aber ich selbst bin mit einer dummen Zahngeschichte seit längerer Zeit nicht so leistungsfähig, wie ich es mir wünsche. Bevor ich wieder einige Tage dem

Landeskrankenhaus fern bin, wollte ich
Ihnen doch gern geschrieben haben und
auch sagen, dass ich mich über Ihren Brief
gefreut habe.

Wenn Sie dennoch erwägen sollten, an dem
Besuch in diesem Jahr festzuhalten, wäre es
mir sehr lieb, wenn wir auch persönlich
miteinander sprechen könnten. Allerdings
bin ich in den nächsten Wochen zwischen-
durch immer mal wieder nicht in Eichenhausen. Sie müssten sich schon in der Verwaltung anmelden und darum bitten, dass
die mir eine Nachricht zukommen lassen.
Ich würde das dann schon einrichten können, mich mit Ihnen zu treffen.

Mit freundlichem Gruß

Dr. Meyer-Schwarzberger"

Die Ärztin legte das Gerät in den Briefkorb für die
Sekretärin. Drehte dann ihren Stuhl so, dass sie
das Wandbild von Turner wieder ins Blickfeld bekam. In ihrer Phantasie verwandelten sich die Nebel in Gestalten, wie sie sie im Fenster des Stati-
onszimmers der 3a gesehen hatte. Sie erinnerte
die Szenerie noch gut. Dort drüben saß Irma Breslauer. Sie trug eine bunte Kittelschürze, wie die
meisten und kauerte in sich zusammen gesunken
auf einem Sessel, die Hände ineinander gelegt und

die Unterarme auf den Lehnen. Die Augen hielt sie geschlossen und schien schwer zu atmen, was die Ärztin aber durch die schalldichte Scheibe damals nicht hören konnte. Die Patientin erinnerte sie an eine Obdachlose, welche die Nacht mit ziellosen Streifzügen zugebracht hatte und jetzt erschöpft, aber zufrieden war, ausruhen zu können.

Ihr Ehemann war Binnenschiffer.

„Willi", sagte sie immer, „Willi. Ich hab ihn so geliebt. Willi ist tot. Mein Sohn ist Pastor. Ich bin gerne hier."

Das waren ihre Worte vor dem Richter, als die Ärztin als Gutachterin der Patientenbefragung beiwohnen musste. Irmi, wie sie von den Mitpatientinnen genannt wurde, war wohl wirklich gern in Eichenhausen. 1970 war sie von der Aufnahmeklinik in Lg. hierher verlegt worden. Das wusste die Ärztin aus der Patientenakte.

Sie selbst hatte damals gerade bei der Behörde angefangen. Eichenhausen war in der Umstrukturierung. Die Einstellung gegenüber den Patienten begann sich langsam zu verändern. Die Zäune um das Gelände wurden abgebaut. Die Pförtnerloge blieb unbesetzt. Ein Café mit einem größeren Gemeinschaftsraum wurde eingerichtet. Man räumte mit dem alten Anstaltsgeist auf, der weniger therapieren als wegsperren wollte.

Frau Breslauer hatte, bevor sie in die Klinik eingewiesen wurde, mit ihrem Mann auf einem stillgelegten Kahn gelebt, der längere Zeit im Dattelner Hafen lag. Der ehemalige Schiffer arbeitete wieder an Land, und seine Frau war den ganzen Tag allein. Irgendwann hatte man sie dann nachts am Kanalufer aufgegriffen. Ein vorbeikommender Passant fand die verwahrloste Frau an der Böschung. Ihre Kleidung war durchnässt. Sie wirkte verwirrt und wusste nicht, wo sie hinwollte. Der ratlose Mann verständigte die Polizei, nachdem die Verwirrte auf ihn eingeschlagen hatte. Auf der Wache dachte man zuerst, dass es sich um eine betrunkene Landstreicherin handelte. Aber dann stellte sich heraus, dass sie vollkommen nüchtern war. Mehrere Tage verbrachte sie auf der Neurologie. Plötzlich begann sie vom Kanal und vom Schiff zu erzählen. Daraufhin konzentrierte man sich bei der Suche nach Angehörigen auf diese Szene. Dann wurde in Datteln eine Vermisstenanzeige von einem Schiffer aufgegeben. Die Personenbeschreibung passte auf die verwirrte Frau in der Klinik. Somit war ihre Herkunft geklärt. Der Ehemann durfte seine Frau abholen. Allerdings mit der Auflage, dass er sie zur Beobachtung in das Westfälische Landeskrankenhaus nach Lg. bringen würde. Dort suchte man nach den Ursachen ihres psychischen Zusammenbruchs.

Das erste Gutachten stammte von einem gewissen Dr. W. aus dem Jahre 1966 und war noch ganz im alten Stil verfasst. „Ja, so war es damals noch in der Psychiatrie", sprach die Ärztin leise vor sich hin. „Man machte dem Patienten seine Erkrankung zum Vorwurf."

Die Geschichte von Irma Breslauer ging der Ärztin an diesem Tag noch länger nach. Dann aber ließ sie sich von anderen Dingen, die sie erledigen musste, wieder total in Beschlag nehmen, wie es ihre Art war. Plötzlich spürte sie erneut die chronischen Zahnschmerzen. Ein Signal, dass sie nicht mehr so wie früher arbeiten konnte.

Manchmal berühren sich Wege.

So hatte der Vormund Arno Breslauer durch einen mehr zufälligen Schriftwechsel die Bekanntschaft einer älteren Ärztin gemacht, die sich dadurch auszeichnete, einmal gefasste Grundsätze auch in den späteren Jahren ihres Berufslebens noch vehement zu vertreten: Ihr war die Aufrechterhaltung von Kontakten zwischen den Angehörigen und den Patienten ein wichtiges Anliegen; sie schrieb ihnen positive Auswirkungen auf das Wohlbefinden der psychisch Erkrankten zu. Das war für Breslauer nichts Neues, sondern eher eine, ihm in Fleisch und Blut übergegangene Selbstverständlichkeit. Doch sie ruhte in dem Teil seines Bewusstseins, in dem all das aufbewahrt wurde, was man einmal gelernt hatte, aber viele Jahre nicht mehr brauchte. Doch nun wurde er durch die tatkräftige und unbefangene Art und Weise, mit der die wackere Ärztin ihren Beruf als Auftrag und Berufung verstand, selbst ziemlich direkt daran erinnert, dass er für seine Mutter nicht nur irgendein Vormund, sondern auch ihr nächster Angehöriger war. Das hat bei ihm etwas ausgelöst, das er im ersten Moment als sehr unangenehm empfand. Er wurde nämlich in diesem Brief der Ärztin gerade an einer Stelle berührt, wo es wehtat. Denn die Vernarbung einer früheren psychischen Verwundung war dort nur von oberflächlicher Natur. Die Ärztin sprach sich für die Erhaltung der familiären Verbundenheit aus. Der Vormund dagegen wollte sich, so gut es ihm möglich war, von seiner Mutter und seiner Herkunft abgrenzen, ohne dabei das Gesicht zu verlieren. Denn er rang ein Leben lang mit der Scham, als eine der persönlichen Entwicklung wenig dienlichen Kraft. Dabei hatte er aber Schuldgefühle und ein schlechtes Gewissen. Ein guter Sohn wollte er sein, weil er glaubte, seine Eltern zu lieben. Aber er bäumte sich trotzdem gegen seine Herkunft auf. Und wusste natürlich, dass er die Bürde der Verbundenheit niemals abschütteln konnte.

44

Eine persönliche Begegnung zwischen der Ärztin und Breslauer kam nicht zustande. Vielleicht bemühte er sich nicht genug darum, weil er sich vor weiteren schmerzhaften Übergriffen fürchtete und sich schützen wollte. Aber die Worte dieser Frau in ihrem Brief wurden für ihn zum Auslöser, sich mit der Lebensgeschichte seiner Mutter und ihrer Familie neu zu beschäftigen und sich stärker noch, als er es vorher getan hatte, seiner Vergangenheit zu stellen.

Der Notdienst (1.Teil)

Was wusste er eigentlich vom Leben seiner Mutter? Nicht viel. Hauptsächlich das, was er als Kind von ihr selbst erfahren hatte. Im untersten Fach seines Schreibtisches lag ein Ordner mit Papieren über die Krankheit. Der Vormund nahm ihn heraus. Er beschloss, sich einige Abende und Nächte Zeit zu nehmen, um seinen Inhalt, der hauptsächlich aus Berichten, gerichtlichen Beschlüssen und Korrespondenz mit der Klinik bestand, gründlich zu sichten. Der jetzige Zeitpunkt erschien ihm für einen solchen Rückblick gut geeignet. In wenigen Tagen hatte er nämlich pastoralen Notdienst und würde dann in seinem Arbeitszimmer die Nächte zubringen müssen, um den Schlaf von Frieda und dem Kleinen nicht zu stören. Schlafen könnte er dann vor Anspannung sowieso nicht so gut. Er war wohl doch nicht von seiner psychischen Konstitution her für diesen Spezialdienst so gut geeignet. Trotzdem hatte er sich für die Nächte einer Woche freiwillig dazu bereiterklärt.

Warum hatte man diesen Dienst überhaupt eingerichtet? Er entstand als Resonanz auf sich in letzter Zeit häufende terroristische Attacken auf prominente Persönlichkeiten, öffentliche Einrichtungen und auf Banken. Man musste auch mit eventuellen Geiselnahmen rechnen. Mit diesem Dienst sollte der Überforderung der Polizei entgegengewirkt werden, auch noch seelsorgerlich und deeskalierend in einem solchem Ernstfall tätig werden zu müssen. Deshalb suchte der Polizeipastor nach Kolleginnen und Kollegen, die bereit waren, ihn in einer Nachtbereitschaft zu unterstützen. Er selbst behielt die Notfallbereitschaft für den Tag, konnte aber wenigstens in den Nächten die Verantwortung mal abgeben. Breslauer hatte sich, wie manche andere auch, zur Übernahme dieser zusätzlichen Aufgabe für einige Wochen im Jahr verpflichtet.

Meistens blieben diese Nächte ruhig. Doch es könnte auch mal anders kommen. Nämlich so, dass der schwarze Telefonapparat auf dem Beistelltisch plötzlich beginnen würde schrill zu läuten. Dann müsste er wahrscheinlich los. Vielleicht wäre irgendwo in Hamburg oder Umgebung eine Terrorgruppe oder ein einzelner Täter unterwegs und hätte eine Geisel genommen, oder wenn es schlimm käme, sogar mehrere. Dann hieße es für den Pastor, mal unter Beweis zu stellen, ob er dazu in der Lage wäre, einen Täter oder mehrere zu besänftigen, und dadurch Menschenleben zu retten. „Man muss es jedenfalls versuchen", dachte Breslauer. „Das wenigstens, wäre er doch seinem Amt schuldig", fand er. Aber er erwischte sich dabei, in diesen Nächten, in denen er nicht schlafen konnte, zu denken: „Ach Herr, lass doch diesen für mich viel zu schweren Kelch an mir vorüber gehen." Diese Bitte hatte sich bisher zum Glück erfüllt.

Nun also war er wieder mal an der Reihe. Gerade noch vor der Adventszeit. Er hatte also eine ganze Woche lang im Schein seiner matten Schreibtischlampe Muße, den Aktenordner, mit der zu Papier gewordenen Kranken- und Leidensgeschichte seiner Mutter, auf sich wirken zu lassen. Zur bildlichen Ergänzung der Recherchen kramte er noch die weißen Briefumschläge mit den älteren Familienfotos aus den Schuhkartons, die seit Jahren im Wohnzimmerschrank verstaut waren, Er empfand die Beschäftigung mit der Vergangenheit seiner Mutter als innere Verpflichtung. „Lieber jetzt und hier", dachte er. „Im normalen Alltag wird er kaum Zeit dafür finden."

Montag, 15 November 1982

Dienstlich blieb es heute ziemlich ruhig. Abgesehen davon, dass eine übereifrige Konfirmandenmutter ihren Sohn aus der Gruppe nehmen wollte, weil er dort nach ihrer Meinung zu wenig über den christlichen Glauben lernen würde. Pastor Breslauer konnte die Frau in einem freundlichen Gespräch über neuere Lerninhalte, Unterrichtsmethoden und den hohen Stellenwert von Gemeinschaftserfahrung überzeugen. Am Nachmittag fand die Verabschiedung einer altgedienten Gemeindeschwester statt, wo Breslauer als Vorsitzender der Sozialstation die Rede halten sollte. Den Abend verbrachte er mit Frieda und dem Kleinen, wobei der hauptsächlich aus Windeln wechseln und Flasche geben bestand. Nach einem unkonzentrierten Abendbrot konnte er sich endlich wieder in sein Arbeitszimmer zurückziehen.

Er genoss das Alleinsein. Hatte die bunte Gardine zugezogen und ergriff beim künstlichen Ticken seiner elektrischen Schreibtischuhr die Umschläge mit den Fotos.
Auf einem war seine Großmutter mit seiner Mutter und ihrem Bruder zu sehen. Die beiden Kinder hatten sie schon früh verloren. „Mama war zwölf als Oma starb", erinnerte sich Breslauer. „Ihr Bruder Arno wohl ungefähr zwei Jahre älter." So ganz genau wusste er das gar nicht. Von da an brach das Ordnungsgefüge der Familie zusammen.

Heinrich Horn hatte Eisenkaufmann gelernt. Er vertrat eine größere norddeutsche Firma. Doch er brauchte immer wieder jemanden, der ihn zur Arbeit ermuntern, ja fast antreiben musste. Diese Motivationsaufgabe in Bezug auf den Ehemann hatte Irmas Mutter übernommen. Der war es nämlich von Kind auf an gewohnt, dass alles, was man zum Leben brauchte, immer reichlich vorhanden war. Regelmäßige Arbeit war für ihn deshalb nie ein Muss oder Verpflichtung, sondern mehr eine Art Zeitvertreib. Das wirkliche prickelnde Leben spielte sich für ihn auf den Pferderennbahnen und in den Wettbüros ab. Da ging es für ihn spürbar um Alles oder Nichts. Aber er hatte das Talent, mit seinem gepflegten Äußeren, einem selbstbewussten Auftreten und guten Manieren, gepaart doch mit einiger Sachkenntnis in seinem Metier, die Kunden von sich einzunehmen und um den Finger zu wickeln.

Der Vormund zog ein anderes Foto aus dem Umschlag. Hier hatten sich die Horns im Sonntagsstaat ablichten lassen. Arnos Oma trug eine modische Kopfbedeckung, die ihrem unbekannten Enkel fast zu mondän vorkam. Das war kein Wunder. Sie war gelernte Hutmacherin. Ein, in dieser Zeit häufig ausgeübter Beruf, der aber auch ein gewisses Geschick erforderte.

Opa Heinrich hatte einen glänzenden Zylinder auf, der zu seinem forschen Schnurbart passte „Ja, vornehm geht die Welt zugrunde", dachte der Enkel, der dieses modische Gehabe, auch wenn es einer anderen Epoche angehörte, übertrieben fand. Aber er hatte ein schlechtes Gewissen, weil er sich dabei ertappte, dass er negativ über andere urteilte. „Irgendwie sieht es so aus, als wollten die Horns mehr sein, als sie waren", sagte er sich; doch wieder bewertend.

Neben einem anständigen Gehalt bekam der Kaufmann Heinrich Horn auch eine Menge Provision, so dass die vierköpfige Familie gut zurecht kam. Irmi und ihr Bruder besuchten höhere Schulen. Bis zur einschneidenden, alles Bisherige verändernden Zäsur, die durch den Tod der erst 47-jährigen Mutter ausgelöst wurde. Der Vater war nicht dazu in der Lage, sich selbst Halt und Hoffnung zu geben; geschweige seinen beiden halbwüchsigen Kindern.

Der Vormund-Sohn erinnerte sich an die Erzählungen seiner Mutter, die sich für den kleinen Schifferjungen wie ein Märchen aus einer anderen Welt angehört haben. Aber er kannte nur wenige echte Fakten aus dem Leben seines Großvaters. Doch kam dem jetzigen Pastor die Fähigkeit zugute, aus dem Wenigen, was er von einem Menschen wusste, ein ganzes Leben entstehen zu lassen. Das war eine Begabung, die ihm schon manche bescheinigt haben, wenn sie ihn nach einer Beerdigungsansprache lobten, wie zutreffend alles war, obwohl er nur wenige Sachverhalte der Person gekannt hatte.

In dieser Weise entwickelte Breslauer nun auch hier ein Lebensbild des eigenen Großvaters. Wobei es ebenfalls keine Garantie dafür gab, dass sich alles wirklich so zugetragen hatte. Und er vertraute darauf, dass sich schon hinter den vordergründigen, nicht ganz abgesicherten Fakten, eine tiefere Wahrheit zeigen würde, die ihm zum Verständnis der Lebensentwicklung seiner Mutter dienlich sein würde.

Großvater Horn wurde in Rio de Janeiro geboren. Seine Eltern waren in den siebziger Jahren des 19.Jahrhunderts als Kaffeehändler nach Brasilien ausgewandert. Als der kleine Heinrich geboren wurde, führten sie dort ein großes Haus. Aber die Kaffeekurse schwankten und nicht jeder ist in wirtschaftlich unsicheren Zeiten in der Lage, für seine Firma das Richtige zu entscheiden. So verlor der Kaffeekaufmann Wilhelm Theodor Horn sein gesamtes Vermögen. Darüber hinaus haftete er noch mit seinem privaten Geld für alle Verluste; von der gesellschaftlichen Schande unter den deutschen Kaufleuten in diesem Teil der Welt ganz abgesehen. Doch die Eheleute kratzten noch schnell das nötige Geld für die Rückreise nach Hamburg zusammen und versuchten hier im Familien- und Bekanntenkreis wieder Vertrauen für einen geschäftlichen Neubeginn zu gewinnen. Doch der Leumund des Kaffeehändlers war zerstört. Sogar seine betuchten Schwiegereltern wollten ihm keinen Kredit mehr gewähren.

Dem Pastor fielen die wunderschönen Villen an der Elbchaussee und in Blankenese ein, die ihn als

Kind so beeindruckt hatten, als er mit seiner Mutter in Hamburg und Umgebung unterwegs war.

Im Frühjahr 1877 hatte eine angesehene Hamburger Tageszeitung in einer mittleren Notiz vom selbstverschuldeten Tod des gescheiterten Kaffeehändlers und seiner Ehefrau durch die Benutzung einer Schusswaffe berichtet. Zurück war der kleine zweijährige Sohn Heinrich geblieben. Was den Artikelschreiber noch zu zwei oder drei bedauernden Sätzen veranlasste, um dann zu vermerken, dass die Großeltern, die Kaufmannsfamilie Von Blitz, sich natürlich um den armen, traurigen kleinen Enkel und einzigen Sohn ihrer bedauernswerten verstorbenen Tochter kümmern werden.

So wurde der kleine Heinrich Horn also von seinen Großeltern adoptiert und verbrachte seine Kinderzeit und Jugend in einem stattlichen Haus an der Elbchaussee. Einem solchen, wie es der kleine Arno Breslauer dort in der guten Gegend einst bestaunt hatte. Wobei ihm sicher schon ein wenig deutlich geworden sein mochte, wie unterschiedlich die Wohnverhältnisse der Leute sein konnten. Auf der einen Seite diese schönen Villen und auf der anderen eine düstere, von der Petroleumlampe verblakte Kajüte, in der vieles eng und beklemmend war. Umso aufmerksamer hörte der kleine Arno, der auf einem Binnenschiff leben musste, seiner Mutter zu, wenn sie von ihrem Vater und seinen reichen Großeltern erzählte. Der war als einziger Enkel des Getreidekaufmanns und Reeders natürlich der Liebling der Familie. Man ließ es an nichts fehlen, was der junge Horn-von Blitz brauchte. Aber man versäumte, ihm auch die manchmal nicht ganz so angenehmen Seiten der Pflicht aufzuzeigen und ihm dadurch die Möglichkeit zu geben, Verantwortung und Sorge als unentbehrliche Bestandteile eines erfolgreichen Lebens kennenzulernen.

Doch die Großeltern von Blitz hatten leider nicht mehr die Zeit, viel darüber nachzudenken. Sie hatten ihn als Haupterben eingesetzt, als die negativen Charaktereigenschaften ihres Lieblings noch nicht so stark ausgeprägt waren. Bald darauf starben sie kurz nacheinander und mussten die Geschäfte ihrem Enkelsohn überlassen. Der hatte schlechte Berater, die viel vom Vermögen in ihre eigenen Taschen wandern ließen. Den Rest der gebeutelten Firma verkaufte der junge unbedarfte Erbe mit hohen Verlusten, weil ihm die Erfahrung und auch das notwendige Verantwortungsbewusstsein fehlten. Die Hauptsache für ihn war das Geld, das er in den Fingern hatte. So lernte der junge Horn-von Blitz zwar den Kaufmannsberuf kurz kennen, aber mehr noch den Nervenkitzel der Pferderennen und Wettbüros und erlebte die Freude im Spielkasino beim Gewinnen. Aber, und das war wohl für sein Lebensgefühl bedeutsamer als das andere: das länger nachwirkende Kribbeln bei Verlusten in wenigen Augenblicken. Irgendwann blieb von seinem einstigen Vermögen nicht mehr übrig als ein unbegründetes Selbstbewusstsein und gute Manieren. Er wurde zu dem, was man so einen Dandy nannte.

„Also, der war fast so einer wie ein Hans im Glück", resümierte der Vormund.
Er merkte, dass er langsam müde wurde und warf einen Blick auf das alte schwarze Telefon. Der Apparat erweckte den Eindruck eines bedrohlichen schlafenden Tieres, das durch die abgenutzte Leitungsschnur, wie durch eine Kette, mit der Telefonbuchse verbunden war. Er traute dieser Technik nicht so ganz und nahm lieber mal den Hörer ab, um auszuprobieren, ob das Ding auch funktionierte. Da war das Freizeichen. Also war er erreichbar. Erreichbar für die Polizei, die vielleicht doch mal Hilfe von einem Seelsorger benötigte. Dieses Gefühl, dass er heute Nacht gebraucht werden könnte, ließ ihn wieder munterer werden.

Er griff von der Couch nach dem schweren Aktenordner. Richtete sich etwas auf und begann zu blättern. „Eigentlich ist da viel unwichtiges Zeug drin", stellte er fest. Er hatte es ja selbst alles in den 16 Jahren, in denen er Vormund seiner Mutter war, hinein gelegt. Für den Fall, dass man es eines Tages doch noch mal brauchen würde. Doch es ruhte dort wie in einem Sarg. Nur, wenn der Zeitpunkt für einen neuen Bericht an das Gericht wieder einmal gekommen war, erwachten diese Zettel und Briefe wie Vampire plötzlich zum Leben. Sie waren unangenehme Geister, die ihm Zeit stahlen oder durch Termine Druck machten oder einfach nur Schuldgefühle erweckten. Wie eben der Brief dieser Stationsärztin. Sie zog sicher einen inneren Gewinn daraus, dass sie sich einredete, man müsste hinter den Angehörigen der Patienten her sein. Vielleicht unterstellte sie sogar, dass manche froh waren, diese los zu sein. Solche Leute wollte sie wieder an ihre Verantwortung erinnern. Sachlich, aber eben doch bestimmt, wie es ihre Art war.

Es gab aber auch Ärzte, denen man in der Art, wie sie sich in ihren Berichten ausdrückten, anmerkte, dass ihr Denken noch in einer anderen Zeit seine Wurzeln hatte. Da war das erste Gutachten über Arnos Mutter, das von einem Medizinalrat aus dem Landeskrankenhaus in Lg. stammte. Ein wichtiges, ja wesentliches Gutachten, auf das man sich in den späteren Jahren immer wieder bezog.

Wie schrieb dieser Dr. W. über die Mutter. „Über **meine** Mutter", dachte der Vormund betroffen und verletzt. Er zischte ein „Unverschämt" durch die zusammengepressten Lippen. Besonders der erste Satz in dieser grundlegenden ärztlichen Äußerung erregte seine Gefühle in höchstem Maße: „**Die intellektuell unterwertige Frau Breslauer** leidet seit Jahren an einer Erkrankung aus dem schizophrenen Formenkreis."

Wie kam dieser Mensch dazu, seine Mutter als **intellektuell unterwertig** zu bezeichnen. Diese Bewertung durch einen Arzt klang in seinen Ohren eher nach einer Abwertung ihrer ganzen Person als nach einer sachbezogenen Beschreibung der Symptome. Und der Pastor und Vormund spürte wieder das schwere Gewicht, das auf Brust und Magen lastete. Wie schneidende Messer fühlte er diese Worte förmlich in seinem Gehirn arbeiten. Es war ihm, als hörte er Stimmen, die riefen: „Auch du! Auch du! Du bist ebenfalls intellektuell nichts wert. Sonst würdest du dich in deinem Leben nicht so anstrengen müssen. Es fehlt dir der Schwung, der den Klugen auszeichnet. Dem das meiste im Leben selbstverständlich gelingt, während du doch nur Zufallstreffer hast und herumstümperst."

Ihm fiel ein, dass er nicht so gut mit Intellektuellen klarkam. Nicht mit solchen, die er dafür hielt und auch nicht mit denen, die sich selbst dazurechneten. Er verspürte ein starkes Bedürfnis, diese Leute klein zu machen und eine fast hämische Freude daran, ihnen Schwächen und Versagen nachzuweisen. Nein, seine Mutter war nicht dumm. Sie hatte Märchen und Geschichten erzählt und mit ihm viel gesungen. Kaum Kinder-und Volkslieder, aber Operetten und Schlager aus ihrer Jugend. Sie war mit ihm ins Kino gegangen und sprach mit ihm über die Filme, die man gemeinsam gesehen hatte. Seine Mutter war für ihn nicht von geringem Wert, sondern ein wertvoller Mensch. „Ja, das war sie, das war sie", erinnerte sich der Sohn und Vormund fast beschwörend.

Aber dann war da dieser Wechsel ihrer Stimmung. Ganz plötzlich konnte sie zu einer anderen werden. Dann war die Kommunikation zwischen Mutter und Kind gestört. Der Junge konnte das Verhalten dieses einzigen Menschen, der ihm mehr bedeutete als andere, nicht mehr verstehen.
Wenn das Schiff im Hafen angelegt hatte, zog sie sich unvermittelt den Mantel an, nahm ihre Handtasche und machte sich auf und davon. Der Sohn hatte das Gefühl, dass sie auch ohne ihn einfach weglaufen könnte, „verduften", wie sie sich ausdrückte. Mit seinem Vater sprach sie nicht über diesen Drang, einfach nur zu gehen, sich aufzumachen und einen Fuß vor den anderen zu setzen. Der Junge musste zusehen, dass er nicht allein zu-

rückblieb. Vater zählte nicht als Bezugsperson. Er hatte meistens nur mit dem Schiff zu tun. Irgendwann hätte er nach seiner Frau gerufen. Wenn sie nicht geantwortet hätte, hätte er gesagt: „Junge, warum bist du denn nicht bei Mama. Los, geh hinterher. Sag ihr, sie soll schnell zurückkommen und kochen. Was läuft die denn immer weg und treibt sich herum? Ich hab viel Arbeit und keine Zeit.

„So war das", sagte der Vormund zu sich selbst. Wie er auch als Kind den Dialog meistens mit sich selbst führen musste. „Da bin ich lieber gleich mit ihr gegangen und habe aufgepasst, dass sie nicht Dinge tut, die sie später vielleicht bereut. Eigentlich bin ich auch schon damals eine Art Vormund gewesen; der geborene Vormund oder religiös ausgedrückt der Schutzengel für meine Mutter", stellte der Pastor mit einer zwiespältigen Genugtuung fest.

Es war spät geworden. Im Pastorat war es schon länger still. Arnos Arbeitszimmer lag etwas vom Wohnbereich entfernt. Er machte sich auf den Weg zu den beiden Menschen, die ihn auch brauchten, aber denen er gern angehören wollte: Seine Frau und sein Sohn. Der Kleine hatte oft einen unruhigen Schlaf. Es war abends gar nicht leicht, ihn zum Einschlafen zu bewegen. Die Eltern saßen manchmal lange am Kinderbett und machten die Hampelmann-Spieluhr mit dem Schlaflied zigmal an. Bis man sich schließlich neben dem Kleinen auf den Fußboden legte und ihn langsam mit vielen guten Worten zum Einschlafen kriegte. Heute schien es gut geklappt zu haben. Obwohl der Vater durch seine, auf die eigene Mutter bezogenen Gedanken, merkte, dass er seinem Sohn gar nicht gute Nacht gesagt hatte. Nun war es zu spät. Er öffnete die Schlafzimmertür einen Spalt. Da lag der Kleine dicht an seine Mutter gekuschelt. Die schlief allerdings noch nicht, sondern gab ihrem Mann ein Zeichen, die Tür wieder leise von außen zu schließen. Was er dann auch mit größter Behutsamkeit tat.

Danach verschwand er wieder in sein Arbeitszimmer. Bereit für einen eventuellen Einsatz, der, wenn er wirklich stattfinden würde, schon eine ziemliche Herausforderung für den Ehemann, Vater, Vormund und Pastor sein würde.

Dienstag, 16.November 1982

Um sieben Uhr endete die nächtliche Dienstzeit. Jetzt übernahm wieder der Polizeiseelsorger selbst die Tagesbereitschaft. Es war, wie erhofft, in der Nacht zu keinem Einsatz gekommen. Breslauer konnte sich frisch machen und seinen Alltag beginnen. Auf dem Terminkalender standen gekritzelte, kaum lesbare Stichworte: Mitarbeiterbesprechung, Supervisionsgruppe, Geburtstagsbesuch, Trauerfeier mit Beisetzung, Planungsbesprechung für den Konfirmandenunterricht, dann der eigene Unterricht. Am frühen Abend war wohl dieser offizielle Arbeitstag zu Ende.

Nach dem Abendessen würde er für die zweite Notdienstnacht wieder zur Verfügung stehen. Frieda sagte ihm häufig: „Das kann nicht so weiter gehen. Du hast ja überhaupt kein Privatleben mehr. Du musst an den Kleinen und mich denken." „Ja, er ist wohl ein Workaholic. Aber nur notgedrungen", entschuldigte er seinen Arbeitseifer. Was wollte sich Breslauer mit den übervollen Seiten im Kalender eigentlich beweisen? Vielleicht, dass er als Sohn einer intellektuell minderwertigen Mutter und eines alkoholkranken, lebensuntüchtigen Vaters doch zu etwas Nutze war. Etwas in ihm glaubte dem ärztlichen Gutachten, wie ein Angeklagter den logisch erscheinenden Ausführungen des Staatsanwalts. Aber die Liebe zu seiner Mutter glaubte es nicht und ließ ihn denken: „Nein, es ist ganz anders. Das versteht ihr alle nicht."

Der Pastor hatte zügig Abendbrot gegessen und kurz mit dem Lütten gespielt. Der krabbelte schon und versuchte sich an den Stühlen hochzuziehen. „Wie gut, dass es doch mit der Schwangerschaft etwas geworden war. Elf Jahre hatte es gedauert bis Frieda schwanger wurde. In den ersten Jahren fanden es beide ganz in Ordnung ohne Kind. Sie war gerade mit der Berufsausbildung fertig, er studierte noch. Man tauschte sich viel miteinander aus. Machte Pläne und hatte manche zu hoch gegriffenen Hoffnungen.

Er wäre beruflich gern an der Universität geblieben. Schwärmte vom Alten Testament und den Ausgrabungen in Israel, Ägypten und Mesopotamien. Hatte im Fachbereich an Projekten über die Propheten mitgearbeitet. Die Gruppe um den Professor war nicht groß. Wie ein Maurer Stolz war, an einem Gebäude eine Steinreihe zu entdecken, die er selbst gemauert hatte, so freute man sich über jede Fußnote in Fachbüchern und Kommentaren, zu der man etwas beigetragen hatte. Einige machten Karriere, wurden Doktoren und Professoren. Bekamen Berufungen an berühmte Universitäten. Waren begabt, hatten gute Fürsprecher, Stehvermögen, Glück und die entsprechenden Nerven auf dem Weg nach oben. Arno Breslauer dagegen brauchte Sicherheit. Gerade in beruflicher Hinsicht. Oft hatte er den Vater vor Augen. Der arbeitete und arbeitete. Zehrte sich körperlich auf und starb schließlich arm und mit gebrochenem Selbstbewusstsein. Das wollte er nicht riskieren.

Nach diesen Überlegungen griff er wieder zum Umschlag mit den Fotos.

Ein etwas größeres Bild zeigte bis zur Brust einen älteren Herrn mit überkurzem Haarschnitt nach preußischer Manier. Breslauer fiel auf, dass der Mann die Gesichtszüge seiner Mutter hatte. Besonders die Augenpartie erinnerte ihn sehr an sie. Aber im Gegensatz zu ihr lag etwas Herrisches und Selbstgefälliges in seinem Blick. Man hatte das Gefühl jemandem in die Augen zu schauen, der es gewohnt war, dass man nicht widersprach und gehorchte. Für ihn schien es selbstverständlich zu sein. dass er in einer Gruppe von gleichen der Chef war und das Sagen hatte. Dieser Mann war Arno Breslauers Großvater. Eben der - und das war ein seltsamer Widerspruch - der nach dem Tod seiner Frau nicht mehr in der Lage gewesen war, wieder im Leben Fuß zu fassen. Und der die Kinder aus den Schulen nehmen musste, weil er seinen Job verloren hatte und das Schulgeld nicht mehr bezahlen konnte. Ein Scheiternder und Versager also. Gerade, wo es darauf ankam, Stärke zu beweisen. Aber gerade dieser Mann hatte eine herrische und tyrannische Seite, die es seinen Kindern immer wieder schwer gemacht hatte, mit ihm gut auszukommen.

Der in Gedanken versunkene Vormund fuhr zusammen. Das Telefon läutete. Aus dieser Nähe klang es schrill. Ein forderndes Geräusch, das besagte: „Wenn du nicht abnimmst, dann schelle ich weiter. Das hältst du nicht lange aus." Er nahm den schweren Hörer von der Gabel. „Hier ist die Paulus-Petrus-Apostolos-Kirchengemeinde, Pastor Breslauer am Apparat." Das war seine Art, sich zu melden. Er schwitzte. Nun war es soweit: Der erwartete Notfall. Der eigentlich unerwartet war. Von dem man hoffte, er würde niemals eintreten. Eine unsichere Stimme entschuldigte sich. Eine Frau aus der Gemeinde, die er entfernt kannte, hatte vergessen, sich für das morgige Seminar anzumelden. Ob er noch Plätze hätte, fragte sie. Es war halb zehn. Darf man da noch anrufen? „Ein bisschen spät", dachte er. Sagte aber: "Ach, Frau M. Ja, natürlich können Sie sich noch anmelden. Wir sind 14 Teilnehmer. Da haben Sie Glück. Für 15 Personen ist das Seminar vorgesehen. Ich notiere Sie auf der Teilnehmerliste." Große Erleichterung am anderen Ende. „Also dann bis morgen um zehn im Jugendforum. Bringen Sie bitte eine Decke mit für die Meditation." Nach kurzer Verabschiedung legte er auf.

Dann hörte er Weinen und Friedas Stimme. Sie rief von oben herunter: „Was war denn? Musst du weg? Ist was passiert?" Er beeilte sich, die Tür zum Treppenhaus aufzumachen. Da stand seine Frau mit dem Kleinen auf dem Arm. Der wimmerte im Halbschlaf. "Nein, nein keine Sorge. Es hat sich noch jemand für das Seminar angemeldet. Tut mir leid, dass es so laut geläutet hat. Aber diesen alten Apparat kann man wohl nicht leiser stellen." „Unverschämt diese Leute" zischte seine Frau. Die hatten doch nun wirklich so lange Zeit. Mach wenigstens die Türen richtig zu. Arnd ist müde und schläft schon wieder ein." Sie ging zurück ins Schlafzimmer. Dazu musste sie mit dem Kind die moderne Holztreppe hinaufsteigen. „Sicher legt sie den Kleinen auf meine Seite", dachte er. „Der nimmt sowieso immer mehr von meinem Platz in Anspruch." Dann stoppte er seine psychologischen Gedankengänge, wo Ödipus sich schon in einem verborgenen Winkel auf seinen Auftritt freute und ging in sein Arbeitszimmer, nachdem er die Zwischentüren zum Treppenhaus, wie von seiner Frau gewünscht, sorgfältig geschlossen hatte. Er nahm ein größeres Sofakissen von der Couch und legte es auf das Telefon. „Wahrscheinlich dämpft es doch ein wenig den schrillen Ton", redete er sich ein.

Breslauer wandte sich wieder der Betrachtung seines Großvaters auf dem alten Foto zu. Rechts unter dem Kinn hatte der alte Horn eine Geschwulst. „Das wird schon der Krebs sein", vermutete der Enkel und dachte an die Erzählfetzen seiner Mutter. Das Foto stammte, nach einer Notiz auf der Rückseite, von 1946. Noch im selben Jahr war der Großvater verstorben. Wie ein Skelett abgemagert; was man auf dem Bild nicht sah. Seine zweite Frau Lieselotte hatte ihn zuletzt noch pflegen müssen. Nach Mutters Erzählen hatte sie sich diesen einmal gut aussehenden Mann nach dem Tod seiner ersten Frau förmlich geangelt. „Nach allen Regeln der Kunst", wie Mutter mit bösem Unterton hinzufügte. Denn die Lieselotte mochte seine Kinder aus erster Ehe nicht. Hasste sie förmlich und ließ an ihnen kein gutes Haar. Ihr ablehnendes Verhalten rief aber Irmas Protest und Widerstand hervor. Nach einem erneuten Streit wegen irgendeiner Kleinigkeit sagte der Vater genervt zur Tochter: „Wenn du dich nicht sofort bei deiner Mutter entschuldigst, dann will ich dich hier nicht mehr sehen. Du kannst dann deine Sachen packen und gehst in Stellung." Mutter blieb stur. Sie dachte nicht daran, sich bei ihrer ungeliebten Stiefmutter zu entschuldigen. Also musste sie aus dem Haus.

Auch ihr älterer Bruder war dabei sich abzuseilen. Der machte es aber diplomatischer als seine Schwester, die oft zu direkt und unüberlegt ihre Meinung sagte. Er dehnte einfach seine Abwesenheit von zu Hause immer länger aus, so dass der Kontakt mit den Eltern nicht so eng und stressig war wie bei seiner Schwester. Irma ging zu einem Bauern in Stellung. Dort hütete sie die Kühe und half der Bäuerin bei der Hausarbeit. Einige Zeit später wechselte sie noch einmal und ging in die Nähe von Berlin. Der Vormund hatte über die Gründe dieser Veränderung nichts in Erfahrung bringen können. Manchmal lag so ein Wechsel ja auch daran, dass die Beziehungen zwischen dem Hausherrn und den jungen Mädchen sich im Sinne der Moral ungut entwickelten. Dann fackelte man vonseiten der Hausfrau häufig nicht lange und die „jungen Dingern" mussten sich die Papiere holen. Manchmal saßen sie dann nach neun Monaten mit einer ungewollten kleinen Erinnerung aus dieser Zeit da, die sie allein liebgewinnen mussten.

Wie es sich bei seiner Mutter verhielt, wusste der Vormund nicht. Er konnte aber gut nachempfinden, dass sie nicht sehr um ihren Vater trauerte, als der verstorben war. Sie hatte ihn zu oft als hart und jähzornig erlebt. War sogar der Meinung, dass er es gewesen war, der sie ins Arbeitshaus stecken ließ. „Seltsam allerdings", dachte Breslauer, „dass wir dann immer die Gräber auf dem Bornkamp-Friedhof besucht haben, auf dem der Großvater bei seiner ersten Frau Emmi seine letzte Ruhestätte gefunden hatte."

Vielleicht war der Grund, dass schon in einigen Stunden das Sterbeseminar beginnen würde, dass der Pastor sich in letzter Zeit mehr als sonst mit dem Tod auseinandersetzte. Er blickte auf sein

Bücherregal, wo auf einem Stapel von Taschenbüchern eine prall angefüllte DIN A-4-Mappe auf ihren Einsatz wartete. Der Pastor hatte vor, die Menschen in seiner Gemeinde an dem teilhaben zu lassen, was ihm selbst vor einigen Monaten bei einer Fortbildung viel gegeben hatte. 15 Anmeldungen waren für diese Art von Veranstaltung gerade ideal. Mit so einer Gruppe konnte man noch gut persönlich arbeiten. Was bei einem solchen Thema unbedingte Voraussetzung war. Zur Vorbereitung hatte er eine Menge Fachliteratur gelesen. Mit der bekannten Theorie der Sterbephasen wollte er in besonderer Weise arbeiten, denn solche Prozesse laufen ja auch bei Abschiedssituationen ab.

Breslauer dachte an Abschiede im Leben seiner Mutter. Gewiss war hier die Taxiszene von Bedeutung. Folgendes Bild entstand in seiner Phantasie: Mutters herrischer Vater stand ernst mit Tränen in den Augen mit seinen beiden Kindern am Straßenrand. Bevor die schwache, von der Krankheit gezeichnete Frau in den Wagen stieg, hatte sie sich noch zu ihrer Tochter gebeugt. Einen Moment den Kopf der 12-Jährigen mit dem schönen langen Haar in beiden Händen gehalten. Ihr einen Kuss auf die Stirn gedrückt und gesagt: „Passt mir beide gut auf euren Vater auf." Sie hatte diesen Wunsch der Tochter gegenüber geäußert; aber den Bruder

mit einbezogen. Vielleicht meinte diese abschied-
nehmende Frau, die sich bis zuletzt um die Familie
gesorgt hatte, dass Irma an ihrer Stelle die Rolle
der treu sorgenden Vertreterin der Mutter für Vater und Bruder übernehmen würde. Hatte diese
„Übermutter" daran gedacht, dass das Mädchen
gerade erst zwölf Jahre alt geworden war? Dann
stieg sie ein. Langsam setzte sich an jenem Win-
termorgen im Januar 1925 das schwere Taxen-
Fahrzeug in Bewegung. Mutter Emmi bewegte ihre rechte Hand an der Autoscheibe hin und her,
wie eine Königin. Eine müde, aber stolze Geste.
Sie hatte Fassung bewahrt, Stärke an den Tag gelegt. Wie sie es von Jugend an gelernt hatte in einer bäuerlichen Familie mit vierzehn Geschwis-
tern. Der etwas ältere Sohn hatte nichts gesagt;
stand wie sein Vater wortlos da, gelähmt durch
den unabänderlichen Abschied. Bei dem alles von
der Ahnung bestimmt war, dass es ein Abschied
für immer sein würde.

Arno war dreizehn, als sie ihn von Bord abholten.
Fast so alt wie seine Mutter damals. Ein Mann
vom Jugendamt nahm ihn mit. Er war noch nicht
zur Schule gegangen. Die Behörde benötigte einige Jahre bis zu diesem entschiedenen Schritt. Es
hatte wohl etwas mit dem ständigen Unterwegssein der Eltern zu tun; auch mit dem Beginn der
Erkrankung seiner Mutter. Die Eltern hatten kaum

auf die Briefe der Behörde geantwortet. Dann aber kam es doch zum Knall. Der Beamte sprach freundlich mit dem erschrockenen Jungen. Fragte ihn, ob er denn nicht zur Schule gehen wolle. Ja, das wolle er, antwortete der. Er wehrte sich nicht, als er mitgenommen wurde. Seine kranke Mutter ließ er weinend zurück, ahnend, dass es ein endgültiger Abschied war.

Solche Abschiede sind wie Sterben. Dadurch verursachte Wunden heilen schlecht. Es entstehen Risse, die noch lange schmerzen. Konnte man Loslassen lernen, wie eine Kunst oder Fertigkeit, ohne dass es ewig schmerzt? Morgen würde er versuchen, seinen Teilnehmenden diese Kunst beizubringen. Besser gesagt: Sie mit ihnen einüben. War er dazu der Richtige? Er war ja selbst ein gebranntes Kind. Konnte sich schlecht trennen von etwas Liebgewonnenem. Der Gedanke daran, dass etwas jemals zu Ende sein könnte, bereitete ihm Sorge und machte ihm Angst. Deshalb war er auch vorsichtig und zögernd, tiefere Freundschaften zu schließen. Dachte zwar manchmal, wie schön es doch wäre, mit einem fremden Menschen enger verbunden zu sein. Aber er spürte, dass dieser Wunsch unrealistisch war. Es war nicht leicht die andere Hälfte der Persönlichkeitskugel zu findet, mit der man total übereinstimmte. Trotzdem suchte jeder danach; oft ein ganzes Leben, wie der Philosoph Platon behauptete.

So dachte Breslauer. Aber er wollte nicht über sich, sondern über das Leben seiner Mutter nachdenken. Und doch landete er immer wieder bei sich selbst.

Auch diese Nacht blieb es ruhig. Nur der verspätete Anruf hatte ihn etwas aus dem Lot gebracht. Und natürlich die alte Geschichte mit seiner Mutter und überhaupt mit seiner Herkunft; ein Pfahl im Fleisch, so lange er leben würde. Er, eine Art Kasper Hauser, der allerdings, und das war für den Pastor und Vormund alles andere als erfreulich, selbst wusste, woher er stammte. Im Kreis seiner Amtsgeschwister war er aber mehr Rumpelstilzchen. Denn im Stillen freute er sich darüber, dass die meisten nicht ahnten, wer er eigentlich wirklich war.

Mittwoch, 17. November 1982 (Buß- und Bettag)

In der vergangenen Nacht war er wohl doch ziemlich fest eingeschlafen. Am Morgen schmerzte ihm der Rücken. Die Schuld dafür gab er der Couch. Wenn etwas gewesen wäre, hätte er das Telefon sicher auch durch das Kissen gehört. Es wäre laut genug für seinen leichten Schlaf, den er gewöhnlich hatte. Doch diesmal war der wohl tiefer. Was ihn dann doch beunruhigte. Hatte er vielleicht den Notdienst in der vergangenen Nacht nicht verantwortungsvoll genug ausgeübt? „Ach, du spinnst ja. Da ist bestimmt nichts passiert", versuchte er sich zu beruhigen.

Er ging ins Badezimmer. Heute war er ja Seminarleiter. Eine souveräne Rolle, die er nach seiner Einschätzung ganz gut ausfüllen würde. Frau und Sohn schliefen wohl noch. Er überzeugte sich davon, indem er in das Schlafzimmer schaute. Draußen, auf der sonst stark befahrenen Straße, blieb es ruhig. Man spürte den Bußtag. Die Leute sollten innehalten und über ihr Leben nachsinnen. Über Taten und Untaten. „Komisch, dieses Wort. Un-Taten sind ja eigentlich keine Taten und doch können sie viel Unheil anrichten." Das wären gute Predigtgedanken, wenn der Pastor heute Gottesdienst hätte. Aber er war nicht dran. Sein Kollege hatte einen Friedensgottesdienst geplant mit dem

Motto: „Es ist fünf vor zwölf". Ja, für Frieden kann es nie zu früh sein. Das Thema hatte es an sich, dass es oft dafür zu spät war oder kurz davor, zu spät zu sein. Er hatte sich bei seinem Kollegen für sein Fernbleiben entschuldigt. Sein Seminar war ja schon bei der Jahresplanung genehmigt worden. Breslauer fand, dass es hierbei auch um Frieden ging. Eben im umfassenden Sinne. Nämlich um den äußeren und inneren Frieden, den man „Schalom" nennt

Er machte sich Frühstück. Ganz normal, kein Büßergericht, sondern mit Müsli, Ei und aufgebackenen Brötchen. Obwohl er wusste, dass sich sein empfindlicher Magen dafür rächen würde. Denn er aß gegen die Aufregung an.

Um neun musste er dort sein. Im Mittelpunkt stand eine meditative Einheit über den eigenen Tod. Darauf folgte eine Auswertung in Kleingruppen über die Erfahrungen, die jeder Teilnehmende hoffentlich gemacht hatte. „Da gibt es sicher eine Menge aufzuarbeiten", dachte der Pastor und jetzige Seminarleiter Breslauer. Bei der Fortbildungsveranstaltung, an der er vor einigen Monaten selbst teilgenommen hatte, waren sie sogar 20 Teilnehmende gewesen. Die Gruppe war für so ein persönliches Thema eigentlich schon zu groß. Einige Kolleginnen und Kollegen kamen aus dem kirchlichen Bereich; die übrigen aus sozialen und medizinischen Berufen. Er erinnerte sich an einen Teil innerhalb der dortigen Meditationseinheit, wo es folgende Anweisung gab: „Stellen Sie sich vor, Sie haben nur noch kurze Zeit zu leben. Welchen Menschen möchten Sie an Ihrem Sterbebett haben?" Hinterher bei der Nachbesprechung in der kleineren Auswertungsgruppe hatte er sich zurückgehalten. Auch im Plenum blieb er still. Die meisten Teilnehmenden nannten die Partner. Manche gute Freundinnen oder Freunde. Breslauer war erschrocken. Er sah das Gesicht einer Mitarbeiterin vor sich. Das waren ihre Augen, die beide unterschiedlich blicken konnten. Ihre Nase, ihr Mund, ihre Stimme. Ihr Wesen, das ihn anzog. Er sprach gern mit ihr. Gemeinsame Projekte hatten Hand und Fuß und machten Freude. Die Gedanken an sie hatte er weggedrängt. Nun war es ihm unangenehm sich gerade in dieser Situation an ihr Gesicht zu erinnern.

Aber auf jeden Fall sollte der Kleine in seiner letzten Stunde da sein. Auf seinem Bett sitzen oder herumkrabbeln. Er wünschte sich dann wenigstens noch so viel Kraft, die Hand auf den Kopf des Kindes zu legen und zu sagen: „Hab' ein gutes Leben und bleib' behütet." Aber diese Phantasie hatte er den anderen auch nicht erzählt. Heute würde er die Meditation nur leiten und nicht selbst mitmeditieren. Als Leiter hatte man das Privileg, Persönliches aus der Gruppe herauszuhalten.

Er schaute auf die Uhr und musste los. Vorher ging er noch in den Keller und holte die Standvase mit dem opulenten Herbststrauß, um den sich die Gruppe versammeln sollte. Dann stieg er in seinen gebrauchten Polo. Erst gegen Abend würde er wieder zu Hause sein. Sicher mit Eindrücken, Gefühlen und inneren Bildern über Sterben, Tod und Abschied. Und natürlich würde auch das Gegenteil davon stärkere Konturen in ihm bekommen: Das, was für ihn, Arno Breslauer, notwendig war, um lebendig zu bleiben. Während der kurzen Fahrt dachte er: „Gut, dass das alles, was wir heute machen, nicht real ist, sondern nur so etwas wie ein Planspiel, ein Manöver. Aber es dient eben doch der Einübung für den Ernstfall."

Am Abend hatte er, wie erwartet, den Kopf voll von Eindrücken dieses intensiven Tages und musste hinter seiner Arbeitszimmertür erst wieder umschalten. Doch er war erstaunt, wie leicht es ihm fiel.

Neben dem Verlust ihrer eigenen Mutter war es für Irma Horn der Tod des Bruders, der sie aus der Bahn warf. Der hatte ihr sehr viel bedeutet, erzählte sie im Gespräch zwischen Mutter und Kind. Ihr Bruder war für sie so etwas wie die andere

Hälfte ihrer Persönlichkeitskugel nach der platonischen Vorstellung. Ohne ihn fühlte sie sich unvollständig. Nicht richtig fähig für das Leben in der Welt. Nach diesem Bruder hatte sie deshalb auch ihren Sohn benannt. Eine lebendige Erinnerung an den geliebten Verstorbenen. Breslauer bekam beim Nachdenken über die Umstände seiner Namensgebung sehr gemischte Gefühle. Wenn die Mutter in ihrem Bruder Arno die ergänzende Seite ihrer Persönlichkeit gesehen hatte und sich unfähig fühlte, ohne ihn zu leben, war er, der Sohn Arno, dann vielleicht nur eine Art Kugelhälften-Prothese zum Weiterleben seiner Mutter. So etwas wie eine seelische Gehhilfe nach Verlust der eigenen Möglichkeiten der psychischen Lebensbewältigung. Klingt die Vorstellung einer Hilfsfunktion nicht auch in dem Wort „Vormund" an? War er dazu geboren, um die Mutter an ihren Bruder zu erinnern? Etwas wehrte sich bei Arno-Sohn gegen diese von der Mutter aufgezwungene Selbstlosigkeit. Er wollte nicht der lebenslange Geh- und Lebenshelfer für die Mutter in der Rolle ihres Vormunds sein, ohne sich dafür bewusst entschieden zu haben. War nicht die Abstempelung eines mit dem Leben eines anderen aufgeladenen Namens eine Art Missbrauch eines ursprünglich eigenständig gedachten anderen Menschen?

Er spürte Müdigkeit und Leere. Schlafen konnte er nicht. Traute es sich auch nicht. Nur ein konzentriertes Ruhen. Wie bei einer Traumreise, wo man mit inneren Bildern, die wie ein Film vorbeiglitten, sich entspannte und belebte. Er rief sie herbei: aus dem Leben der Mutter. Bilder von Ereignissen und Vorstellungen, die sie ihm einmal erzählt hatte. Sein Leben und das ihre blieben durch diese einprägsamen Erzählungen verbunden. Aber entspannend war das ganz und gar nicht.

Gedanken und Mutmaßungen
über Irmas Bruder

Nach der Wiederverheiratung seines Vaters musste sich bald auch Arno Horn eine Stelle suchen. Er bewarb sich als Kellner bei einem Onkel, der vor den Toren Hamburgs ein größeres Ausflugslokal besaß. Breslauer sah dieses Anwesen vor sich. Einen ehemaligen Ausspann mit angebautem Tanzsaal. Lindenbäume standen vor dem Haus, die im Sommer den Gästen Schatten spendeten, wenn sie aus der Stadt mit Kind und Kegel anrückten. Serviererinnen und Kellner balancierten Kaffeekännchen und Torten zu den Tischen. Am Anfang machte der junge Kellner sicher noch Fehler. Ließ schon mal eine Kanne Kaffee fallen oder ein Stück Kuchen landete knapp daneben oder sogar ganz auf der Anzughose eines Gastes. Aber mit seinem, vom Vater geerbten Charme und der unbefangenen Jugendlichkeit, gelang es Arno Horn auch solche unangenehmen Situationen zu meistern.

Auf dem verblichenen Familienfoto machte der Sohn im damals üblichen Matrosenanzug zwar einen zarten, aber doch durchsetzungsfähigen und präsenten Eindruck. Während seine Schwester verträumt und weltentrückt in Richtung des Fotografen blickte.

„Die beiden`konnten sich vielleicht in schwierige-
ren Situationen unterstützen, aber sie waren wohl
doch nicht so gleich, wie es Irma später gern behauptete. Solche Theorien der Seelenverwandt-
schaft sind auch nur Modellvorstellungen. Was
davon im Leben zum Tragen kommt, hängt davon
ab, was jeder nach den eigenen Erfahrungen daraus macht." Dachte der Pastor und merkte, dass
es schon spät geworden war. „Hoffentlich kehrt in
meinen Gedanken ein wenig Ruhe ein", wünschte
er sich. Glaubte aber nicht wirklich daran. Er stieg
die Treppe zum Schlafzimmer hinauf. Hoffend,
dass Frieda noch wach war und ihm einfach nur
durch eine Geste oder ein Lächeln etwas Aufmerksamkeit schenken würde. Ein Stück zufriedener
durch diese Hoffnung öffnete er die Tür. Beide
Menschen schliefen fest. Arnd lag quer im Bett.
Frieda atmete schwer. Rasch schloss er die Tür
wieder. Fast ebenso abrupt korrigierte er die Palette seiner Wünsche dahingehend, dass es wohl
vollkommen unrealistisch war, hier in der Nacht
Trost zu erhoffen.

So begab er sich, fast wie ein Magier in die Le-
benswirklichkeit seines Onkels hinein. Schaute zur
Gardine, die durch einen offenen Spalt den stock-
dunklen Garten nur erahnen ließ. Sprach das eine
oder andere Wort zu sich selbst und machte sich
auf Zetteln Notizen. Wer den Pastor so gesehen

hätte, wäre über die Ernsthaftigkeit verwundert gewesen, mit der er versuchte, sich das Leben seines Namenspatrons vorzustellen.

Obwohl alles bei seiner Arbeit ganz gut zu klappen schien, dachte der kellnernde Onkel eines Tages: „Ist das nun wirklich alles, was ich in meinem Leben möchte? Es gibt doch mehr als Servieren von Kuchen und Kaffee oder Fassbrause und Bier." Er erinnerte sich an seine Kindheit in Altona. Mit Freunden war er oft am Hafen, wenn er es zu Hause nicht mehr aushielt. Er sah Barkassen und kleine und größere Schiffe auf dem unruhigen Wasser des Flusses vor sich und merkte, dass er Sehnsucht hatte. „Ich ziehe wieder dorthin", dachte er kurz entschlossen. Also hängte Onkel Arno die Arbeit bei seinem eigenen Onkel eines Tages an den Nagel und stand wieder vor der Wohnungstür seiner Eltern. Es fiel ihm nicht leicht, seinem schnell aufbrausenden Vater und der feindseligen Stiefmutter seine Beweggründe für das plötzliche Aufhören im Gartenlokal von Onkel Gustav klar zu machen. Heinrich Horn verstand nur, dass sein Sohn keine Lust mehr zur Arbeit hatte. Er war wütend über ihn, weil er so leichtfertig seine gute Arbeitsstelle aufgegeben hatte. Wo doch andere Leute froh wären, wenn sie in dieser Zeit überhaupt Arbeit hätten. Und er machte sich auch sorgenvolle Gedanken darüber, dass er als Vater vielleicht nun für seinen Sohn bald den ganzen Lebensunterhalt bestreiten müsste. Doch der entschärfte schnell diese Sorge, indem er versicherte: „Ich werde mir erst mal selbst ein Zimmer suchen, und dann bald auf einem der neuen Passagierdampfer als Stewart anfangen. Ihr braucht euch also keine Sorgen um euer Geld zu machen", fügte er ironisch hinzu. Denn jedes Mal, wenn der Junge nach Hause kam, war meistens vom Geld die Rede. Trotz des aggressiven Untertons bei seinem Sohn, war nun Heinrich Horn im großen Ganzen einverstanden. Er dachte nämlich an seine eigene Jugend. Daran, dass er einmal selbst gern nach Amerika ausgewandert wäre. Damals, als er seine geerbten Firmenanteile unter ihren Wert verkaufen musste, um Spielschulden zu begleichen. Wenn er da seine erste Frau Emmi nicht getroffen hätte, wäre ein Leben in der Neuen Welt vielleicht für ihn eine Option gewesen.

Vorübergehend kam Arno bei einem Schulfreund unter. Das Leben im Viertel pulsierte. Wenn man vom Nobistor in die Reeperbahn einbog, stand am Ende des Spielbudenplatzes das Vergnügungsetablissement Trichter. Auf der anderen Seite waren Cafés und eine Reihe von Kaschemmen, wo nach der Abenddämmerung Türsteher auf die Passanten, vorwiegend die männlichen, zugingen. Sie zudringlich an der Schulter berührten und gedämpft sagten: „ Komm rein. Sowas wie bei uns, hast du noch nicht gesehen." Die Nacht wurde durch Leuchtreklamen auf den Dächern erhellt. Fahrzeugkolonnen stauten sich auf den Fahrbahnen. Besonders, wenn die Straßen vom Nieselregen glitschig waren. Arno lebte in dieser Atmosphäre auf. Es war seine Welt, mit der er sich verbunden fühlte.

Breslauer träumte sich in diese Bilder hinein. Er sah die schweren Fahrzeuge im Schritttempo auf den Straßen, auf denen sich effektvoll die Lichter spiegelten. Und hörte die zum Vergnügen bereiten Passanten, wenn sie, zufällig zu kleinen Gruppen geworden, die Fahrbahn überquerten, um bei irgendeiner angepriesenen Attraktion vor einem Lokal stehenzubleiben.

Bald hatte Arno Horn eine Anstellung als Ober in einem einfachen Restaurant in einer Nebenstraße gefunden. Dort bediente er tagsüber hauptsächlich Touristen und abends harmlose Bummler. Die härteren Typen von Sankt Pauli waren hier nicht zu finden. Die trafen sich erst spät in der Nacht in den einschlägigen Lokalitäten, die man als braver Bürger zwar kannte, aber in der Regel mied.

Und dann begegnete ihm Evi. Sie hatte ihre Haare blond gefärbt, ein ansprechendes Puppengesicht und lange, gutgeformte Beine. An diesem Tag trug sie dunkle Pumps mit hohen Absätzen und ein modisches Kostüm. „Ein passables Frauenzimmer", dachte der Onkel. Die junge Frau verbrachte häufig ihre Mittagszeit hier. Irgendwann setzte Arno sein charmantes Lächeln ein und sprach sie an: „Gnädiges Fräulein, Sie haben eine interessante Zigarettenspitze, ist das wirklich Elfenbein oder nur ein gut gemachtes Imitat?" Erstaunt über die etwas kecke Frage eines Obers hob die junge Dame den Kopf. Sie blickte den Fragenden mit einer Mischung aus Spott und Hochmut an. Merkte, dass er ein gut aussehender, noch recht junger Mann war. Zog eine Augenbraue hoch und nahm den Gegenstand seiner Aufmerksamkeit aus dem Mund. „Sie können sich meine Zigarettenspitze gern mal aus der Nähe ansehen. Nur mit ihr rauchen möchte ich allein". So war das Eis gebrochen. Arno kriegte es hin, dass er sie nach Dienstschluss treffen durfte. Unter der Laterne vor dem Trichter. Sie kam aus dem Bühneneingang. Beide hatten sich zum Kaffee verabredet. „Nanu, Sie haben was mit dem Varieté zu tun?" „Nur ein bisschen, ich bin eine von vielen, die bei der Revue die Beine schwingen." „Na, nur nicht so bescheiden, wenn man bald eine Diva ist", sagte er forsch. „Eine Schauspielerin und Tänzerin habe ich kennengelernt, da kann ich ja richtig stolz sein." Er blickte vielsagend die etwas errötende junge Frau an.

„Legen Sie sich nicht zu sehr ins Zeug, mein Lieber. Lassen Sie uns lieber nach einem Plätzchen suchen, wo wir es ruhig haben." Sie zog an seinem Ärmel oder nahm ihn bei den Händen, und sie gingen wie ein Paar davon.

Nach einigen Monaten des Verliebtseins wurde die Tänzerin schwanger, was ihrer Karriere gar nicht förderlich war. Also hängte sie sich wieder an seinen Arm, wie sie es gerne tat, wenn sie Männer für was einnehmen wollte. „ Ich muss dir etwas sehr Schönes erzählen, mein lieber Arno. Ich trage ein Kind von dir unter meinem Herzen." Arno fiel aus allen Wolken. Er war kaum über zwanzig und dieser plötzlichen Eröffnung überhaupt nicht gewachsen. Im Gegensatz zu ihrem Freund aber wusste Evi, sehr genau, was sie wollte: „Ich werde meinen Beruf bald nicht mehr ausüben können. Wer will denn schon eine Tänzerin mit einem Ballonbauch sehen. Aber ich weiß, was wir machen: Wir ziehen erst einmal zusammen. Du wechselst deine Stelle und suchst dir eine Arbeit, wo du mehr verdienst als jetzt in deinem Billiglokal. Dann kommen wir mit dem Geld über die Runden, bis ich das Kind habe." Arno musste erst einmal schlucken, obwohl er dankbar war, dass seine Evi gleich für ihn einen Vorschlag mit parat hatte.

Also zogen sie zusammen. Kleine Wohnung im Kiez mit günstiger Miete. Doch die Suche nach neuer Arbeit gestaltete sich für Arno schwieriger als beide es sich vorgestellt hatten. Nachdem er in der kleinen Kneipe gekündigt hatte, ging er erst mal zum Stempeln. Eine Weile kamen sie so über die Runden. Aber es war eben nichts für die Dauer. Schließlich nahm er seinen ganzen Mut zusammen und sprach bei einer großen Reederei vor. Die besaß einige der damals modernsten Passagierdampfer, die für die Überquerung des Atlantiks gebaut worden waren. Schnelle und gute Schiffe für sehr reiche, aber in den unteren Decks auch für normalere, nicht so betuchte Schiffsreisende. Man gab Arno die Chance, sich an Bord eines dieser Ozeanriesen vorzustellen. Der Andrang wäre groß, sagte man ihm. Er müsste rechtzeitig an einem Stichtag, wenn die Einstellungen vorgenommen wurden, mit seinem Seesack an Bord sein. Dann bräuchte er nur noch großes Glück, dass der Chefsteward ihn akzeptieren würde.

Schon von weitem sah der Ankommende die hohe, von unzähligen Bullaugen gesprenkelte Bordwand. Der Dampfer verstärkte mit seinen Aufbauten und verschiedenen Decks den Eindruck von Größe und Gewaltigkeit. Der auffälligste Punkt des Schiffsriesen aber war ohne Frage der eindrucksvolle Schornstein mit dem Wappen der Reederei.

Am Bug prangte mit schwarzen Buchstaben der Schiffsname Aurora.

Arno sollte sich um zehn an Bord einfinden. Er stieg einige Meter auf einem Landesteg mit leichter Steigung hinauf. Dann betrat er durch eine offen stehende Tür in der Bordwand das Innere dieser Welt auf dem Wasser. Ein breiterer Gang, von dem rechts und links andere schmalere und viele Türen abgingen,   mündete in einer stattlichen Lobby, die oben von einer Glaskuppel mit Malereien begrenzt war. Die Motive stammten aus der Welt der Seefahrt und brachten die verschiedenen Epochen der Schiffsentwicklung von der Galeere bis zu den modernen Passagierdampfern der Gegenwart zur Darstellung. Auch die Wände waren mit Motiven der größeren Metropolen an den Meeren geschmückt. Ein Rundbalkon gestattete den Blick von oben. Wobei es sicher ein unterhaltsamer Zeitvertreib sein dürfte während der Reise dem Treiben dort, wie vom Theaterrang aus, zuzuschauen. Doch heute bildete sich nur eine immer länger werdende Schlange von sehr unterschiedlichen Leuten, von denen sich jeder eine Stelle auf diesem modernen Dampfer erhoffte.

Hinter einem Tresen standen zwei Männer in blauer Seemannsuniform. Der jüngere war glatt rasiert, der ältere trug einen Kaiser-Wilhelm-Bart.

Als Horn an der Reihe war, zeigte er seine Papiere, aus denen hervorging, dass er sich für einen Stewart-Job bei der Reederei beworben hatte. Man fragte nach seinen Erfahrungen in diesem Metier. Schaute sich die Zeugnisse genau an. Bemängelte, dass er noch nie in einem größeren Hotel als Kellner gearbeitet hatte. Doch der bärtige Offizier, der wohl einen höheren Rang einnahm, schaute ihn wohlwollend an und bemerkte: „ Viele Erfahrungen haben Sie in Ihrem Beruf noch nicht sammeln können, junger Mann. Doch wir möchten Ihnen eine Chance geben. Sie machen einen guten Eindruck und haben wohl auch Manieren. Solche Leute gibt es nicht so oft. Jedenfalls nicht so häufig, wie wir sie auf unseren Schiffen brauchen. Deshalb wäre es schade um sie, wenn Sie erst in der einfachen Touristenklasse anfangen würden. Sie werden gleich in der zweiten als Steward ihren Dienst antreten. Wenn Sie sich bewähren, unterstützen Sie auch Ihre Kollegen in der ersten. Herr Müller" – er deutete auf den bartlosen Offizier – „wird Ihnen Ihr Logis zeigen. Viel Glück!"

Es war eine Kajüte mit drei Kojen, ganz unten im Bauch des Schiffes. Sicher schon unter der Wasserlinie. Was ein unangenehmes Gefühl bei Arno erweckte. Der an den Untergang der Titanic denken musste, bei dem auch alle moderne Technik die Menschen nicht vor dem Ertrinken bewahren konnte. Der Raum war zweckmäßig, aber eng, obwohl die Kojen in der Wand eingebaut waren. In der Mitte stand ein Tisch mit nackter Platte und drei Stühlen. In einer Nische befand sich, mehr zum Spucken als zur Körperpflege geeignet, ein Waschbecken. Ein größerer Spind stand an der anderen Seite der Wand. „ Ein hässliches Zimmer", dachte Arno.

Die Tage und Wochen vergingen. Arno bemaß die Zeit nach der Reisedauer Hamburg – New York. Sieben Tage hin – sieben Tage zurück; immer wieder. Um genau zu sein, musste man pro Reise noch zwei Tage Aufenthalt zum Bunkern der Kohlen, Einladen von Proviant und Aufnahme der neuen Passagiere hinzurechnen, und das war sehr knapp bemessen. Bald bediente Arno die Passagiere der ersten Klasse. Damen mit prächtigen Roben und gewaltigen Hüten. Herren in Anzügen aus teuren Stoffen. Leute, die es gewohnt waren, zuvorkommend behandelt zu werden. Die dann aber auch nicht an Trinkgeld sparten. Arno war ihnen zu Diensten, ohne sich selbst zu verleugnen. Man wusste seine Art zu schätzen. Aber im Grunde seines Herzens lachte er über alle diese aufgeblasenen Leute mit dicken Brieftaschen, und er verachtete sie. Doch er selbst profitierte auch von der Bewunderung, die ihm entgegengebracht wurde.

Dann bemerkte er, dass er auf Frauen und auch auf Männer eine gewisse Anziehung ausübte. Und er ertappte sich dabei, wie er das zusehends mehr auszunutzen begann.

Die beiden Männer, die sich mit ihm die Kabine teilten, hatten ebenfalls Schichtdienst. Der sorgte dafür, dass alle drei nicht so oft gleichzeitig im wachen Zustand zusammentrafen. Wenn Arno Tagesdienst im Speisesaal der ersten Klasse hatte, kam häufig Max, der im Küchenbereich tätig war, erst spät in der Nacht. Man kann sich kaum vorstellen, wie viel Abwasch und Drecksarbeit bei der High Society-Bewirtung notwendig waren. Max war Schwabe und arbeitete schon länger auf diesem Schiff als Arno, der sich manchmal über den schwäbischen Dialekt lustig machte. Trotzdem freundeten sich beide schnell an. Max kannte sich in New York gut aus und hatte ihm dort schon manche Bar und Sehenswürdigkeit gezeigt. Wenn dieser Kumpel die Kajüte betrat, machte er Licht und fragte flüsternd: „Na, schläfst du schon, mein Süßer? Hast du heute wieder Erfolg bei den Damen gehabt oder war es eher ein schwerreicher Knacker?" Er ging dann demonstrativ auf Arnos Lager zu und riss an einen Bettzipfel. „Untersteh dich, du Lump", schrie dann der Angemachte. So frotzelten die beiden immer mal wieder gern, wobei nicht ganz klar war, ob nicht doch ein bisschen mehr als nur raue Männerfreundschaft eine Rolle spielte. Arno hatte ihm aber schon mal von seiner Frau Evi erzählt. Davon, dass sie eine ganz besondere Frau war. „ Sie ist schön mit Köpfchen", sagte er. Dann sprach er von ihrer Schwangerschaft. Auch davon, dass sie sich noch nicht zugetraut hatten, ein Kind großzuziehen. „Frau mit Kind, das ist nichts für einen Seemann. Auch, wenn ich Steward bin und die glitzernde Welt reicher Leute um mich habe, bin ich doch nur ein armer Seemann. Da spielt das weiße Jackett keine Rolle."

Der Mann in der dritten Koje hieß August und kam aus Berlin. Wenn er nachts mit in der Kajüte war, lag er meistens versteckt unter seiner Decke, und man hörte von ihm nur das regelmäßige Schnarchen. Hielt allerdings das Flüstern seiner Kollegen zu lange an, platzte ihm der Kragen, und er rief verschlafen: „Haltet doch endlich mal die Klappe, Mensch, ich will schlafen! Reißt euer Maul man am Tag mehr auf!" Er hielt sich aus allem raus, was für einen Berliner etwas Besonderes war. Sein Arbeitsgebiet lag im Kaufmännischen, wo er Buch über Einkäufe und Ausgaben des Proviants führte.

Nicht immer, wenn der Dampfer in Hamburg angelegt hatte, war Arno in Stimmung nach Hause zu gehen. Seine Frau arbeitete nach dem „Wegmachen des Kindes" weiterhin im Trichter. Wenn sie frei hatte, schlief sie bis in die Puppen, was ihn schon früher ziemlich genervt hatte „Was sollte er dann bei ihr?", fragte er sich immer häufiger. Hatte er ihr am Anfang Geld geschickt, so ließ das auch mit der Zeit nach. Beide waren sich überdrüssig geworden.

Aber auch bei seinem Stewart-Job auf dem Schiff erlebte Arno Horn ein Tief. Er fragte sich wieder einmal, ob das nun für ihn schon alles im Leben wäre. Und gab sich selbst ziemlich bald die Antwort: „Nein, das kann nicht alles gewesen sein."

Als die Aurora wieder mal in Hamburg lag, musterte er kurz entschlossen ab. Den Kollegen sagte er Tschüss, und ging, ohne sich umzublicken von Bord. Wo sollte er hin? Ihm fiel nur seine Frau Evi ein. Die Sehnsucht irgendwo hinzugehören war größer als die trennenden Gefühle. Der Seesack war leicht. Der Weg nach Hause führte ihn an den Landungsbrücken und dem Bismarckdenkmal vorbei bis zur Reeperbahn. Viele Leute waren unterwegs. An der Klingel stand noch sein Name. Er hatte ihn damals mit einem Stift hingekritzelt. Auf einmal merkte er, dass er bei seinem letzten Besuch den Schlüssel gar nicht mehr mitgenommen hatte. Also schellte er. Einmal, zweimal, nach dem dritten Mal spürte er, wie es sich in seiner Magengegend zusammenzog. Es war nicht wie bei einem Hammer, den man ihm vor den Kopf geschlagen hatte. Eher wie das Gefühl, wenn eine Hoffnung sich plötzlich in nichts auflöste. Da kam niemand und machte auf.

Arno wusste sich nicht anders zu helfen, als das Lokal aufzusuchen, in dem er früher gearbeitet hatte. Im Ahoi war nichts los. „Du kannst gleich wieder bei mir anfangen", sagte der Wirt. „Oben im kleinen Zimmer kannst du pennen." Einige Tage vergingen. Oder waren es schon Wochen? Arno war nicht bei sich selbst in dieser Zeit. Immer wieder stand er vor der alten Wohnung. Doch Evi traf er niemals an. Sie war wie vom Erdboden verschwunden. Dann tauchte er bei seinen Eltern auf. Die Stiefmutter ließ einen Schwall von Schimpfkanonaden über seine Frau los. „Die war hier, aufgedonnert bis obenhin. Ich schämte mich vor den Nachbarn. Sie will nichts mehr mit dir zu tun haben und hat ein paar Sachen für dich abgegeben." Er sah einen kleinen Koffer in der Ecke. „ Deine Evi ist zu einem alten Freund gezogen. Du sollst sie in Ruhe lassen. Kannst die Scheidung einreichen. Sie braucht keinen schwulen Sonnyboy." Nun wusste er Bescheid. Er nahm den Koffer und ging.

Nachdem er sich im Ahoi wieder eingearbeitet hatte, fiel ihm ein häufig kommender Gast auf. Der Mann war vielleicht in den 50gern und stach in seiner Kleidung von den anderen Gästen ab. Er trug einen Maßanzug und unter seinen Hosenbeinen schauten glänzend gewichste Schuhe hervor. Jedes Mal, wenn er kam, bestellte er bei Arno ein Glas Rotwein. Was allein schon auffiel, weil man hier gern andere Getränke bevorzugte. Sein Blick blieb meistens bei der kurzen Kommunikation mit dem Ober gesenkt. Doch er schien nur etwas zu bestellen, um seinen Aufenthalt im Ahoi zu legitimieren. Er rauchte in Ruhe, aber fast unablässig. Dabei blätterte er übertrieben konzentriert in einer Tageszeitung. Wohl nur, um etwas zu tun zu haben und die anderen Gäste nicht anstarren zu müssen. Wer aber immer wieder seinen Blick auffing, war Arno Horn, der sich bewusst unauffällig mit dem Bedienen anderer Gäste beschäftigte. Irgendwann platzierte der Mann auffällig eine Visitenkarte neben sein Glas. „Bitte einen Moment", sagte er und hielt Arno, der am Tisch vorbeigehen wollte am Ärmel fest. „ Bitte lesen Sie." **Dr. jur. Fabian Hammerstein, Rechtsanwalt und Notar**, stand auf der gediegen aussehenden Karte. Arno war überrascht. „Damit Sie sehen, dass ich durchaus ein Mann von einem gewissen Stand bin. Ich bewundere Sie schon seit Tagen, junger Mann. Sie strahlen solche Leichtigkeit aus; es tut mir gut, Ihnen bei der Arbeit zuzusehen. Außerdem sehen Sie gut aus. Verzeihen Sie, wenn ich Ihnen damit vielleicht zu nahe trete." Dr. Hammerstein unterbrach seinen plötzlichen Redefluss und nahm sich erneut eine Zigarette. Arno gab dem Gast Feuer.

Der fuhr mit seiner Rede fort. „Sie passen nicht hierher, lieber Freund. Ich riskiere es einmal, Ihnen ein Angebot zu machen. Seit einiger Zeit suche ich einen Butler und Gesellschafter für meinen kleinen Haushalt in Flottbek. Es wäre nicht zu Ihrrem Schaden, in meine Dienste zu treten."

So wurde der ehemalige Stewart und Kellner Arno Horn Butler beim Juristen Dr. Hammerstein in Flottbek.

Es war eine Villa aus den letzten Jahren des vorigen Jahrhunderts. Der Anwalt bewohnte das obere Stockwerk. Den unteren Teil des Hauses hatte seine geschiedene Schwester Dorothea Steckmeister zu ihrem Domizil erklärt. Arno hatte in dieser Stellung auf einmal sehr viel Zeit. Denn der Anwalt verbrachte den größten Teil des Tages in seiner Kanzlei in der Steinstraße. An manchen Tagen hatte er auch beim Gericht zu tun. Arno pflegte sich, las ein wenig und erkundete die Gegend. Sein Zimmer war modern eingerichtet und bot ihm viel an angenehmer Heimeligkeit, die er in den Quartieren, die er bisher bewohnte, nicht gefunden hatte. Für die Schwester des Juristen arbeitete auch noch eine Frau im Haushalt und in der Küche, die auch Hammerstein und seinen Butler mitversorgte.

Wenn der Doktor abends nach Hause kam, erwartete er, dass sein Butler und Gesellschafter ganz für ihn da war. Arno hatte in der Zeit, wo er bei seinen Spaziergängen über sich viel nachdachte, einen stärkeren Zugang zu seinen Gefühlen bekommen. Ihm war deutlich geworden, dass er für seinen Kajüten-Kollegen auf der Aurora, den Max aus Süddeutschland, wohl mehr als nur kameradschaftliche Gefühle empfunden hatte. Das schien wohl auch eine Seite an ihm zu sein, dass er für Männer und auch für Frauen etwas empfinden konnte. Er nahm wahr, dass der Doktor ihn begehrte und versuchte, ihn immer mehr zum Objekt seiner Wünsche zu machen. Dem wollte oder konnte der junge Mann nichts entgegen setzen. So waren die beiden bald ein Liebespaar.

Doch diese Art von Beziehungen unter Männern wurde in jener Zeit stark kriminalisiert. Homosexuelle wurden in Sicherungsverwahrung genommen; Schutzhaft, wie man sagte. Die Gestapo bekam manches zugetragen, was für die Betreffenden bedrohlich werden konnte. Man hörte auch von Leuten, bei denen es durch Beschuldigungen zum Prozess gekommen war. Bei einer Verurteilung konnte es zu einer harten Bestrafung kommen.

Sicher wusste Dr. Hammerstein als Jurist um die Gefährlichkeit seines Begehrens. Doch Gefühle, wie Liebe und Bedürftigkeit danach, entziehen sich oft der Ratio und ihren kopfigen Einwänden, wenn sie einmal geweckt sind. So forderte der Jurist von seinem Freund weiterhin totale Hingabe. An manchen Abenden kam es deshalb zum Streit. „Fabian, ich gehöre dir doch nicht", schrie Arno dann. In solchen Momenten blickte der andere ihn dann aber umso liebevoller an und entgegnete: „Du hast doch alles, was du brauchst. Schau dich an. Du läufst in einem teuren Morgenmantel herum, kannst baden, dich pflegen und bis Mittag schlafen, für dein leibliches Wohl ist gesorgt. Und du wirst geliebt. Was willst du mehr?" In solchen Momenten fühlte sich Arno undankbar. Aber er dachte trotzdem: „Ich will diesem Mann nicht gehören, auch wenn er mich liebt." Außerdem sehnte er sich, je länger er mit Hammerstein zusammen war, nach der Liebe einer Frau. So wurde es immer schwieriger und gereizter zwischen den beiden Männern. Arno wollte den Doktor verlassen, der aber verstand es immer wieder, ihn zu besänftigen. Arno bekam ein schlechtes Gewissen und gab nach. Es lief dann wieder einige Zeit gut. Doch die angestaute Sehnsucht nach der Liebe zu einer Frau wurde immer stärker. Der junge Horn kam aus dieser verworrenen Situation einfach nicht heraus. Einerseits, weil er die Liebe dieses Mannes nicht verlieren wollte, andererseits, weil er keine Möglichkeit sah, sein Leben so einzurichten, dass er sich selbst darin treu bleiben konnte.

Irgendwann schrie er nur noch, weinte und schlug um sich.

Sie waren im Bad. Hammerstein stieg aus der Wanne. Arno stand am Waschbecken. Es kam wieder einmal zum Wortwechsel. Der Intellektuelle war ironisch, setzte seinen Geliebten herab. „Wer bist du denn schon? Hab ich dich nicht aus der Gosse geholt? Weiß ich denn, ob du nicht damals auch schon Stricher warst? Hast du mich nicht angemacht, indem du mit deinem Hintern gewackelt hast dort in der Kneipe bei der Reeperbahn?" Arno schlug zu: einmal, zweimal, dreimal. Er traf Hammersteins Gesicht. Der Doktor stürzte auf die Fliesen, schlug mit dem Kopf auf den Wannenrand. Er blutete. Arno war rasend wie eine männliche Furie. Als wollte er seinen Freund vernichten, schlug er auf den unten Liegenden ein. Zuletzt trat er ihn noch, obwohl seine nackten Füße nicht ganz so viel anrichten konnten.

Die im Parterre wohnende Schwester hatte den Lärm gehört. Bald darauf schlug sie gegen die Tür, verschaffte sich Zugang, indem sie die Hausangestellte zur Hilfe nahm. Ihr Bruder lag blutüberströmt auf dem Fußboden. Er schien nicht mehr zu leben. Sie beugte sich über ihn, spürte nur noch ein Röcheln. „Du hast ihn erschlagen, du Lump, Polizei! Polizei!" Schrie sie. Die Hausangestellte lief zum Telefon. Bald darauf füllten Polizisten den Raum. Der Arzt hatte nur noch den Tod Hammersteins festgestellt. Arno wurde abgeführt. Man machte ihm den Prozess. Das Urteil lautete auf Totschlag. Ungünstig für ihn wirkte sich aus, dass er in der Akte der Gestapo bereits als homosexuell verdächtig geführt wurde. Wie sich später herausstellte, hatte der wortkarge Kajüten-Kollege August ihn bei der Behörde angeschwärzt, weil er neidisch auf Arnos Beziehung zu Max gewesen war. Nun hatte Arno Horn schlechte Karten. Beim Prozess ging es nämlich nun um die Frage - vom Totschlag einmal ganz abgesehen - ob er oder Dr. Hammerstein mit der sexuellen Beziehung angefangen hatte.

Arno wurde zur Zwangsarbeit und anschließender Sicherungsverwahrung verurteilt. Ihm wurde unterstellt, dass er den Juristen durch herausforderndes Verhalten bewusst verführt und von sich abhängig gemacht hatte. Außerdem meinte das Gericht bewiesen zu sehen, dass auch ein Bereicherungsgedanke im Hintergrund mit im Spiel gewesen war.
So kam Irmas Bruder nach Oberschlesien in ein Außenlager des Konzentrationslagers Ausschwitz und musste im Kohlenabbau untertags arbeiten. Die Bedingungen waren dort extrem hart, weil die Verantwortlichen den Tod der Verurteilten durch

Arbeit ganz bewusst in Kauf nahmen. Einige Zeit hörte die Familie nichts mehr von ihm. Dann kam ein amtliches Schreiben, dass Arno Heinrich Horn während der Verbüßung seiner Strafe und des Besserungsverfahrens an den Folgen einer Ruhrinfektion verstorben war. Ferner teilte die Behörde noch mit, dass die Beisetzung seiner Asche schon in der Stille stattgefunden hätte.

.

Irma sagte dem Vormund, der damals noch ein Kind war: „ Mein Bruder ist so jung gestorben. Ich habe ihn über alles geliebt. Er war kein schlechter Mensch."

Der Notdienst (2.Teil)

Donnerstag, 16.November 1982

Heute Vormittag wollte Pastor Breslauer wieder einmal Vater sein. Er konnte bis zum Konfirmandenunterricht am Nachmittag zu Hause bleiben. Deshalb hatte er Zeit, auf seinen Sohn aufzupassen. Frieda hatte derweilen einen Zahnarzttermin und war froh, dass sie sich einmal ohne größeren Zeitdruck auf den Weg machen konnte. Nach dem gemeinsamen Frühstück mit dem Kind, das mehr oder weniger eine Mischung aus Füttern und Aufsammeln des runtergefallenen Essens war, machten sich beide zum Spielzimmer auf. Arni legte den Weg krabbelnd zurück. Man musste schon eine ziemliche Strecke Korridor bewältigen, um zu dem Raum zu gelangen, der seinem Vorgänger als Schlafzimmer gedient hatte, bei den Breslauers aber zum Spielzimmer mutiert war. Immerhin war es nach dem Wohnzimmer der zweitgrößte Raum. Hier konnte man alles an Häusern, Mauern und Türmchen, die man mit Duplo-Steinen oder Bauklötzen gebaut hatte, länger stehen und liegen lassen. Konnte das Aufräumen vergessen, was Vater und Mutter sehr gelegen kam. „Denn die Welt, die Kind und Eltern gemeinsam im Spiel entstehen lassen, ist es doch wert, erhalten zu werden", dachte der väterliche Vormund, der hier – was ganz gegen seine sonstige Spielphobie war – die Ewigkeit herbeisehnte. Aber er wusste, dass er einen zum Scheitern verurteilten Wunsch hegte, der sich nicht gegen das Naturgesetz der Vergänglichkeit durchsetzen würde.

Das Kind machte sich an Kisten und Kartons zu schaffen, die nach den ordnenden Kräften des Chaos Inseln der Zufälligkeit gebildet hatten und holte, wie ein Zauberer aus dem Zylinder, immer neue Teile und Gegenstände zum Spielen hervor. Dieser Quell schien für Arni unerschöpflich. Er bekam zu viel geschenkt von Verwandten und Freunden. Auch die Eltern sorgten dafür, dass der Vorrat an Spielzeug niemals knapp wurde. Solch ein Vormittag mit dem Vater war für den Kleinen, der ja vom Geheimnis des Zeitverlaufs noch nichts wusste, schnell vergangen. Für den Erwachsenen aber machten sich die selbstvergessenen Stündlein des Spielens irgendwann im Rücken bemerkbar. Deshalb freute sich Pastor Breslauer dann doch, als seine Frau, nun vom Zahnschmerz befreit und vom Kind freien Vormittag erquickt, wieder als Ablösung erschien. Nun musste man an das Mittagessen denken. Das Elternpaar beschloss, dass es Chili con Carne aus der Dose geben sollte. Nach der Mahlzeit legte sich der, noch vom Spielen erschöpfte Vater eine halbe Stunde auf die

Couch; mit der Absicht, sich zu entspannen. Was er aber nicht so richtig hinbekam.

Danach musste er mit seinem VW-Polo schon einen Zahn zulegen, um nach seiner Einschätzung nicht zu spät an den Ort des Unterrichts zu gelangen. Doch er würde sicher, wie so oft, wieder viel zu früh eintreffen. Das war so seine Art. Er konnte sich nicht darauf besinnen, jemals irgendwo zu spät gekommen zu sein. Der Vormund und Pastor lebte gern mit zeitlichem Spielraum. Manchmal konnte er sich bei diesem Gedanken ein Lächeln über sich selbst nicht verkneifen, wenn er bei Sitzungen warten musste bis die anderen Teilnehmer auf den letzten Drücker eintrafen. Obwohl er schon mit Angstschweiß gedacht hatte, er käme diesmal wirklich zu spät. Vielleicht war es die gleiche Marotte bei seiner Beschäftigung mit dem Thema Sterben und Tod. Immerhin war er ja erst siebenunddreißig. Da dachte man normalerweise noch nicht so oft an das eigene Ende. „Da ist man doch noch in den besten Jahren", sagten die anderen. Auch die Kollegen machten in diesem Alter und sogar noch darüber hinaus gern Jugendarbeit. Manche ließen dabei sogar unentwegt den ewigen Jugendlichen heraushängen. Als Beweis dafür, wie wichtig und einbalsamierungswürdig die jugendliche Daseinsstufe für einen Menschen war.

Breslauer dagegen fand, dass die ausgiebige Vorbereitung auf Sterben und Tod ein ebenso wichtiger Teil der kirchlichen Arbeit war. Vielleicht wollte er sich hierbei ebenso auch nur einen längeren Spielraum verschaffen, vor der mit den Jahren immer bedrohlicher werdenden Katastrophe des eigenen Endes. Bei dem man ja nicht wirklich wusste, was da auf einen zukäme oder danach sein würde. Da war es vielleicht für einen ängstlichen und vom kochenden Wasser des Lebens verbrühten Menschen, wie Breslauer, schon verständlich, wenn er den Zeitpunkt der Beschäftigung mit diesem großen einmaligen Lebensereignis schon möglichst früh beginnen wollte.

Am Abend nach getaner Arbeit und kurzem Plausch mit der Familie konnte wieder die dienstliche Nachtwache beginnen, die bei ihm in dieser Woche unter dem Motto stand: „Meine Mutter, ihre Familie und ihr soziales Umfeld."

Gedanken und Mutmaßungen
über Irmas Jugend

Irma war zwei Jahre in Stellung. Dann stand sie wieder vor der Tür der elterlichen Wohnung. In einer gut lesbaren Behördenhandschrift war der Brief geschrieben, der den plötzlichen Tod des Bruders während des Strafvollzugs in Oberschlesien mitgeteilt hatte. Da Horn die väterliche Verbundenheit zu seinem Sohn schon lange vorher gekappt hatte, war im Gespräch mit der Tochter mehr von Scham als von Trauer die Rede, und er hatte das Schreiben auch mehr als pädagogische Mahnung und weniger als traurige Mitteilung seinem nunmehr einzigen Kind gezeigt. Irmi versuchte noch den Vater auf dem Flur unter Tränen zu umarmen. Der aber wich aus, indem er ihre Arme schnell von seinen Schultern nahm und sagte: „Glaub mir, es ist besser so. Dein Bruder war ein Strolch und keinen Schuss Pulver wert."
Die Stiefmutter erschien nur zögernd aus der Küche zur Begrüßung: „Na, da bist du ja, Irmi. Damit du gleich Bescheid weißt: Wir haben hier keinen Platz für längeren Übernachtungsbesuch. Du kannst noch ein, zwei Tage auf dem Sofa schlafen. Dann aber musst du dir selbst etwas suchen, wo du bleiben kannst." Vater Horn wich dem enttäuschten Blick seiner Tochter zuerst etwas unentschlossen aus. Sprang dann aber seiner Frau bei: „ Ja, Irmi, so ist das. Uns geht's auch nicht mehr so

wie früher. Ich bin schon länger arbeitslos und in den Jahren, wo ich so bald nichts Neues mehr finden werde. Und deine Mutter ist krank. Du Irmi bist jung und kannst arbeiten. Das musst du auch. Was die Behörden auf den Tod nicht abkönnen, sind Leute, die sich zu gut zum Arbeiten sind und ihren Eltern und dem Staat auf der Tasche liegen. Denk immer an das traurige Ende deines Bruders. Der fühlte sich zu fein zum Arbeiten und hat sich lieber von angeblichen Freunden aushalten lassen."

Irma fand eine Anstellung in einer Buchhandlung. Die Chefin mochte das junge Mädchen. Zuerst machte sie einfache Arbeiten. Packte Bücherpakete aus und sortierte die Bände in die Regale. Im Schaufenster und auf dem Ladentisch lagen sich gut verkaufende Ausgaben von Schriftstellern, die häufiger gelesen wurden. Irmi war freundlich und zuvorkommend zu den Kunden. Allerdings irritierten sie gewisse ältere Herren, die etwas anzüglich und geheimnisvoll nach besonderen Bildbänden fragten. Zuerst wusste die junge Verkäuferin nicht, was es damit auf sich hatte und fragte ihre Chefin. Die lächelte vielsagend und führte das Mädchen zum Tresen. Dort deutete sie auf bestimmte Bände, die unauffällig in den unteren Fächern an der Verkaufsseite eine stattliche Reihe bildeten. „ Schau, diese Fotobände sind gemeint, nimm mal

einen heraus, damit du weißt, worum es da geht."
Irmi ergriff einen Band und blätterte darin herum.
Es waren Fotos von spärlich oder gar nicht beklei-
deten Frauen, die einzeln oder in Gruppen sportli-
che Betätigungen verrichteten. „Diese Art von
Sportbänden meinen diese Kunden. Sie sind nicht
billig." „Ich mag das nicht sehen", sagte die junge
Frau und wurde rot. „Du wirst dich daran gewöh-
nen", erwiderte die Buchhändlerin. „Wir verkaufen davon eine Menge."

Irmi war willig und gewissenhaft. Sie fühlte sich
nicht sicher im Leben. Suchte gern bei älteren
Frauen nach Orientierung. Die Inhaberin der
Buchhandlung sah in ihrem weiblichen Lehrling
bald so etwas wie eine Tochter. Mit den Männern
allerdings war es nicht ganz einfach. Manche flüs-
terten der unsicher und schüchtern wirkenden
jungen Frau ins Ohr, dass sie nett aussähe und
man sie gerne zum Kaffee einladen würde. Irma
war dabei verlegen und ließ diese anzüglichen
Leute meistens stehen, weil sie nicht wusste, was
sie sagen sollte. Hinterher machte sie sich Vorwürfe, dass sie vielleicht zu stoffelig gewesen war und
sprach mit ihrer Chefin darüber. Die erfahrene
Frau gab ihr den einen oder anderen Ratschlag.
Sie machte keinen Hehl daraus, dass sie ihre Verkäuferin für etwas unbedarft hielt. Zu einer Bekannten sagte sie: „ Bei mir arbeitet ein junges

Ding, die muss schon sehr aufpassen, dass sie nicht auf einmal mit einem Kind dasitzt."

Irma Horn war aber nicht mehr ganz so unbedarft, wie die Buchhändlerin dachte. Dazu hatte auch ihre Freundschaft mit Maria, genannt Mimi, beigetragen. Beide Frauen lebten seit einiger Zeit in Mimis Wohnung zusammen. Die Freundin war fast zehn Jahre älter. Sie kannte sich erheblich besser als Irmi mit dem anderen Geschlecht aus. Ließ sich von Männern nicht viel sagen und bot ihnen schnell Kontra. Bei Freundschaften mit ihnen war sie es, die die Zügel in der Hand behielt. „Wenn die nicht so wollen wie ich, dann sollen sie abhauen", sagte sie zu ihrer Freundin, die den Mund nicht mehr zukriegte im Erstaunen darüber, dass man so über Männer reden konnte. Die kräftige Frau arbeitete in einer Wäscherei in der Neustadt. Abends warf sie sich gern in Schale und ging auf Männerfang. Vieles machte sie mit Irmi in der Freizeit gemeinsam. Ihr gefiel die etwas zurückhaltende und scheue Art der Jüngeren.

Damals machte auch die junge Frau aus der Buchhandlung ihre ersten eigenen Erfahrungen mit dem anderen Geschlecht. Da war der junge Kunstmaler, der in einer ehemaligen Werkstatt beim Michel sein kleines Atelier eingerichtet hatte. Manche Nacht verbrachte Irma dort. „Ich sitze oder stehe ihm Modell." So drückte sie sich ihrer Freundin gegenüber aus, wenn die nachfragte, warum sie denn einige Nächte nicht nach Hause gekommen war. Dann hatte sie sich doch mal von einem charmanten Herrn aus dem Kundenkreis der Buchhandlung zum Kaffee einladen lassen. Der gab vor, ein Verleger zu sein. Aus dem Kaffeetrinken wurde ein abendliches Essen bei Kerzenschein im Alsterpavillon. Man unterhielt sich vorzüglich; wobei es wohl so war, dass der ältere smarte Herr die Bewunderung seiner jugendlichen Begleiterin sehr genoss. Anschließend zeigte er ihr die Bibliothek mit den stattlichen repräsentativen Schweinslederbänden in seiner noblen Wohnung in einer Nebenstraße des Jungfernstiegs. Irmi schaffte nicht das rechtzeitige Adieu. Sie beichtete diese Geschichte ihrer Chefin. „Kontrolliere genau, ob du deine Regel kriegst", sagte die besorgt. Zum Glück war alles normal, und Irmi war erleichtert.

Eine Zeitlang war sie auch mehr als nur eine Freundin für Mimi. Beide waren sehr verliebt ineinander. Aber auch Fräulein Gehrmann, die Buchhändlerin, fühlte sich zu Frauen stärker hingezogen. Wenn Irma offen und naiv ihr gegenüber von ihrer Freundin Mimi erzählte, begann sie unvermittelt, sie vor ihr zu warnen. „Nimm dich vor dieser Art von rohen Frauen in Acht. Sie benutzen so ein unerfahrenes Ding wie dich doch nur. Ich

möchte dich gern vor dem Bösen in der Welt bewahren. Dazu musst du mir aber mehr vertrau-
en."

Irma schätzte ihre Chefin, war aber gehemmt, sich
mit dieser Frau, die für sie eine Autoritätsperson
war, näher einzulassen." Nach diesem indirekten
Antrag hatte sie keine Lust mehr, in dieser Buchhandlung zu arbeiten. „Für die paar Mark", dachte
sie geringschätzig. Sie setzte den Gedanken der
Kündigung schnell in die Tat um. Bei der Chefin
blieb Enttäuschung zurück. Sie hatte den Kampf
um das Herz ihrer jungen Angestellten verloren
und war auch als „Schutzengel" abgewiesen worden.

Maria Lohsemann freute sich in der ersten Zeit, ihre Freundin ganz zu Hause zu haben. Doch schon
bald spürte die Realistin, dass das aus finanziellen
Gründen nicht länger möglich war. „Ich verdiene
in der Wäscherei nicht so viel, dass wir beide davon leben können", sagte sie eines Tages zu ihrer
Gefährtin. Die hätte es gern noch eine Weile ohne
Arbeit ausgehalten. Sie schlief bis Mittag, lief oft
den ganzen Tag im Nachthemd herum, aß und
trank, was in der Wohnung zu finden war, hörte
Grammophon-Musik. Sang und tanzte nach den
gehörten Melodien und leerte auch manchmal eine Flasche Wein auf einmal. Danach legte sie sich

wieder ins Bett. Schlief ein und ließ diesen Kreislauf wieder von vorn beginnen.

Das alles konnte Mimi irgendwann nicht mehr aushalten. Doch was konnte man eigentlich als Frau tun, um ohne größere Anstrengung zu Geld zu kommen? Maria hielt sich für eine im Leben stehende unabhängige Frau. Sie verstand es, Männer für sich einzunehmen und bestimmte zu ihren „Freunden" zu machen. Auf keinen Fall nahm sie jeden. Doch, wenn sie jemanden „süß" fand, war sie nicht abgeneigt, sich ein Weilchen mit ihm abzugeben. Doch er sollte dafür auch „blechen". „Warum eigentlich nicht?", dachte sie. „Das tun Männer doch auch bei ihren Ehefrauen?" So stand ihre Wohnung an manchen Abenden für eine Reihe von privilegierten Herren offen, den sogenannten Freunden.
Bisher hatte sich Irma da raushalten können. Schaute vielleicht mal kurz ins Wohnzimmer, wo die Herren, schon vom Alkohol ein wenig aufgekratzt, ihre etwas schlüpfrigen Witze zum Besten gaben. Trank pro forma ein Gläschen Sekt und verschwand schnell wieder im hinteren Teil der Wohnung. Doch nun schien der Zeitpunkt gekommen, so glaubte jedenfalls Mimi Lohsemann, dass ihre Freundin hier mehr „investieren" müsste.

Aber dazu kam es nicht mehr. Irma Horn bekam ein amtliches Schreiben zugestellt, dessen Empfang sie mit ihrer Unterschrift quittieren musste.

Es war eine Aufforderung, dass sie sich umgehend auf dem zuständigen Polizeirevier zu melden hatte. Ihr Erschrecken darüber war natürlich groß. Was würde man ihr vorwerfen? Sie hatte ja eigentlich nichts auf dem „Kerbholz". Auf der Wache erklärte man ihr, dass eine Anzeige gegen sie vorläge. Bis zum Gerichtsbeschluss sollte sie sich deshalb nicht für längere Zeit von ihrem Wohnort entfernen.

Nach einigen Wochen erfolgte der Beschluss des Gerichts. Man warf ihr Arbeitsscheu und unzüchtiges Herumstrolchen mit der Absicht vor, Männer auf sich aufmerksam zu machen. Als Zeuge war ihr Vater, der Kaufmann Heinrich Horn, gehört worden, der die Vormundschaft für seine, noch nicht ganz 21-jährige Tochter hatte.

Der gab folgende Aussage zu Protokoll:

Ich habe seit längerer Zeit keinen Kontakt mehr zu meiner Tochter Irma. Soviel ich weiß, lebt sie mit einer älteren Freundin zusammen, die keinen guten Einfluss auf sie ausübt. Ich mache mir Sorgen, um mein Kind, zumal sie ihre Lehre in der Buchhandlung Gehrmann eigenmächtig – ohne vorher mit mir als Vormund darüber gesprochen zu haben – gekündigt hat. Meine Frau und ich sehen keine Möglichkeit, erzieherisch auf Irma einzuwirken und bitten darum den Staat, zum Wohle und Schutze des Kindes einzuschreiten.

Daraufhin erging folgender Gerichtsbeschluss:

Die hier Genannte Irma Emma Dorothea Horn geb. am 12.Januar 1913 kommt seit ca. 6 Monaten keiner geregelten Arbeit mehr nach. Die Auflösung des Lehrvertrags mit der Buchhandlung Gehrmann in Hamburg-Neustadt ist nicht ordnungsgemäß erfolgt. Die oben Genannte blieb grundlos und unentschuldigt ihrer Arbeit fern. Auch zum rechtmäßigen Vormund, ihrem Vater, hat Fräulein I. Horn keinen Kontakt. Außerdem befürchtet das Gericht, dass die Genannte durch den Einfluss ihrer Freundin, die durch wechselnde Männerbekanntschaften dem Gericht keine Unbekannte ist, sehr gefährdet erscheint.

.

Zum Wohle der minderjährigen Irma Horn ergeht folgendes Urteil:

Die Genannte wird in ein Arbeitshaus eingewiesen. Dort wird sie dazu angehalten, einen geregelten Arbeitsrhythmus einzuüben. Die Verantwortlichen dieser Anstalt, in deren Obhut das Gericht die weitere Entwicklung der oben genannten jungen Frau zu einem, für die Gesellschaft positivem Mitglied legt, werden dafür sorgen, dass obigem Wunsche Rechnung getragen wird. Die erste Überprüfung, ob eine weitere staatliche Unterbringung notwendig erscheint, erfolgt in 6 Monaten.

Irma kam nach Farmsen. Mit ihrem Sohn sprach sie nur in Andeutungen über diese Zeit. Der hatte eher den Eindruck, dass sie einen längeren Abschnitt ihrer jüngeren Jahre in einem Arbeitshaus verbringen musste. Vielleicht waren es auch mehrere verschiedene Episoden. Welcher Arbeit sie „draußen" nachging, war ebenfalls nicht bekannt; auch nicht, womit sie sonst ihren Lebensunterhalt bestritt.

„Hätte ich doch mehr gefragt", machte sich Breslauer Vorwürfe. „Aber da waren wohl innere Barrieren und die konnte ich als Kind nicht überwinden." So blieb dieser Zeitabschnitt im Leben seiner Mutter dunkel, bis zu dem Punkt, wo sie seinem Vater begegnete.

Der Notdienst (3. Teil)

Freitag, 17.November 1982

Das Sterbeseminar wirkte auf einmal wieder nach. Es hatte ja viel mit Loslassen zu tun. War das Leben seiner Mutter nicht ein ständiges Abschiednehmen gewesen? Von ihrer eigenen Mutter, die in der Familie für Verlässlichkeit gesorgt hatte. Von der Sorglosigkeit der Kinderjahre, den Freundinnen und Spielgefährten. Irma Horn wurde ja durch den Tod ihrer Mutter um das alles gebracht. Man stieß das junge Mädchen danach hin und her, und es verlor schließlich das Gefühl, irgendwo hinzugehören und geborgen zu sein.

Der Pastor und Vormund musste am Totensonntag in seiner Kirche predigen. Dort würde er mit seinem Kollegen die Liste der Verstorbenen verlesen. Die besten Gedanken zur Predigt hatte er sich von der Auswertung der Sterbemeditation versprochen. Was wurde da gesagt? Oft, dass man mit sich im Reinen war. Dass man zwar inneren Schmerz empfand, dass das eigene Leben zu Ende war; aber gut loslassen konnte. Andere sagten aber auch, dass es ihnen oftmals schwer fiel, Abschied zu nehmen. Breslauer dachte darüber nach, zu welcher Gruppe er wohl selbst gehörte. Müsste er nicht mit gutem Beispiel vorangehen? Müsste er nicht das Loslassen in einer fast sportlichen, professionellen Eleganz vollziehen können? Etwa wie ein Zen-Meister, der dabei keinen Schmerz mehr empfand, weil er erleuchtet war. Er dagegen spürte, dass er eher im Dunkeln tappte. Die Ereignisse blieben förmlich an ihm haften. Umgaben ihn zeitlebens wie ein zäher ätzender Schleim, der ihn langsam aber stetig auflöste. So dass am Ende nichts mehr von ihm übrig blieb.

Er wollte sich heute hauptsächlich Gedanken über die Predigt machen, damit er am Sonnabend mehr Zeit für Frieda und den Jungen hatte. Vielleicht auch mit den beiden mal wieder zum Einkaufen gehen, was er schon lange nicht mehr geschafft hatte. Aber zuerst musste er sich noch den Predigttext genauer ansehen, und darüber meditierend nachdenken. Der stand im Neuen Testament im Matthäusevangelium. Es war die Geschichte von den klugen und törichten jungen Frauen, die bei einer orientalischen Hochzeit auf den Bräutigam warten mussten, um bei den Feierlichkeiten dabei zu sein. Pastor Breslauer kam zu dem Schluss, dass das Warten einen wichtigen Stellenwert im Leben besitzt. Aber nicht als einfaches Verträumen der Zeit, sondern als aufmerksames Wahrnehmen der eigenen Gefühle und Dinge bei Anlässen, auf die man keinen oder nur geringen Einfluss hatte. Von den zehn jungen Frauen waren fünf verträumt und unbewusst. Als der Zeitpunkt der Ankunft des Bräutigams da war, ergriffen sie einfach ohne große Überlegung ihre Öl-Lampen und stellten dann erst fest, dass sie nicht genug Öl in den Tanks ihrer Lampen hatten. Verhielt es sich im Leben nicht manchmal auch so, wenn man sich übernommen hatte? Im entscheidenden Moment reichte dann der Betriebsstoff nicht mehr; „der Akku war leer", wie man dann gern sagte. Man hatte Dinge vernachlässigt, die einem einmal wichtig waren, weil man zu müde und kraftlos war.

„Das werde ich morgen auf der Kanzel sagen", sagte der Pastor zu sich selbst und war zufrieden. Die klugen Frauen dagegen hatten daran gedacht. Sie waren vorbereitet. Dieser Predigttext hing in seiner inhaltlichen Aussage noch mit einer anderen Geschichte aus dem Neuen Testament zusammen. Dort war von einem Landwirt die Rede, der eine zusätzliche Scheune baute, damit er noch mehr Getreide speichern konnte, um seinen Reichtum zu vermehren. Als er sich dann darüber freute, was für ein pfiffiger und im Leben stehender Mann er war, kam der Tod. Er hatte nicht daran gedacht, dass er ein sterblicher Mensch war, und dadurch eben nur begrenzt belastbar. Sein Betriebsstoff war verbraucht. Er war am Ende. In seiner Freude über den gelungenen Coup hatte er nicht bemerkt, dass der Tod schon vor der Tür stand.

Pastor Breslauer war sich bewusst, dass diese Gedanken noch geordnet werden mussten. Seine Angewohnheit war es, erst einmal alles, was ihm einfiel zu sammeln und in Kladde auf einen Zettel zu schreiben. Dann noch einmal darüber nachzudenken und die einzelnen Gedankengänge zu nummerieren und in eine Reihenfolge zu bringen. „Es ist fast ein Puzzlespiel, eine logische Predigt hinzukriegen", dachte er. „Aber Gott hat eben eine höhere Logik, die unser menschliches Denken übersteigt", beruhigte er sich. Dann wurde er müde und unkonzentriert. Er dachte: „Ich muss noch drei Nächte durchhalten und für den Notfall einsatzfähig bleiben. Aber Morgenvormittag werde ich mir endlich mal ein bisschen Zeit für meine Familie nehmen."

Wenn er dann bei der Predigt auf der nicht sehr hohen Kanzel seiner Gemeinde gegenüberstand, konnte es schon mal passieren, dass er die Sätze manchmal wieder anders formulierte als sie auf seinem Vorbereitungszettel standen. Aber darüber war er nicht erschrocken, sondern eher erfreut. Bedeutete es doch, dass ihm noch was einfiel. Dass sein Gehirn noch gut funktionierte und alles bei ihm im Fluss war. Und dass die lebendige Kommunikation mit den tieferen Dingen des Lebens noch stimmte. Wenn er es fromm ausdrücken würde, müsste er sagen, dass ihm diese Gedanken geschenkt wurden. Diese Geschenke kamen einfach so. Vielleicht aus einer Welt, die ihn durch eine geistige Kraft beseelte. Die kirchliche Tradition sprach vom Heiligen Geist. Er wurde in der religiösen Kunst oft als Taube dargestellt. Auf manchen Kanzeldächern tauchte so eine Geisttaube auf.

Schneller, als er es vielleicht hätte tun sollen, besann sich der Pastor und Vormund wieder auf seine eigenen intellektuellen Fähigkeiten, die er im Laufe des Studiums durch exegetische Seminare, Übungen und Klausuren geschult, ja geradezu trainiert hatte und kam zu dem Schluss: Dass alles einfach eine Sache des Kopfes war. So blieb er hin und her gerissen. Ein Wanderer zwischen geistigem Anspruch und der Sehnsucht nach Leben aus dem Geschenktem und einfach Zukommendem heraus.

Sonnabend, 18.November 1982

Heute Morgen, nach Ende der Nachtwache, hatte Breslauer noch ein wenig länger geschlafen. Allerdings war er dazu nicht in sein schon länger nicht benutztes Bett gehüpft, sondern deckte sich auf der Couch in seinem Arbeitszimmer nur noch einmal zu. Dann frühstückte er mit der Familie, zog den kleinen Arni an und spielte kurz mit ihm. Derweilen schrieb Frieda den Einkaufszettel. Diesmal war es recht viel, was aus dem Supermarkt mitzubringen war. Man fuhr mit dem Polo hin. Dieses Fahrzeug reichte eigentlich nur schlecht für eine Familie mit Kind aus. Aber für einen größeren Wagen hatten der Vormund und seine Frau kein Geld.

Beim Einkaufen war der Pastor auf der Hut, nicht in einen Menschenschwarm zu geraten, bei dem er erkannt werden könnte. Und vielleicht das Eine oder Andere fragen musste, weil die Leute mal eine Amtshandlung bei ihm gehabt hatten. Oder er ihnen von anderen Begegnungen her bekannt war. Breslauer war in dieser Beziehung empfindlich. Sogar das richtige angemessene Wort konnte an manchen Tagen für ihn zum Problem werden. Es kam vor, dass ihm auf einmal nichts Passendes einfiel, weil sein Kopf leer war. In solcher Situation war ein Lächeln und entspanntes Gesicht oftmals ein Zaubermittel, das jedes gesprochene Wort überflüssig machte. Aber er konnte ja nicht erst einen Taschenspiegel hervorziehen, um seine verkrampfte Gesichtsmuskulatur in eine positive Form zu bringen. Er musste schon spontan reagieren.
Trotz aller vorherigen Befürchtungen bekam er das immer noch hin. Bei manchen Leuten hätte er natürlich gern mal gefragt, wie sie miteinander nach der Trauung zurechtkamen oder wie es ihnen

erging mit ihren fast erwachsenen Kindern nach der Konfirmation oder wie sie ihre Trauer um einen lieben Menschen gelebt oder bewältigt hatten. Aber solche Fragen waren in einem Supermarkt nicht unbedingt angebracht.

Dann kam der Moment, wo er merkte, dass ihn das Einkaufen mit Frau und Kind ziemlich anstrengte. Frieda kannte eine Reihe Mütter, die ebenfalls mit ihren Kinderwagen umherschoben. Wenn überhaupt Väter dabei waren, überließen sie ihren Nachwuchs häufig den Frauen. Er dagegen schob gern den Kinderwagen mit Arni und begann oft ein kurzes erklärendes Gespräch mit seinem Sohn: Zum Beispiel über die wundervollen bunten Dinge in den Regalen. Es tat Breslauer gut, Vater zu sein. Das erschien ihm auf Anhieb sinnvoll, ohne groß darüber nachdenken zu müssen. Eine spätere Mitarbeiterin verriet ihm einmal, wie sehr es sie irritiert hätte, als er auf ihre telefonische Nachfrage nach dem Stand ihrer Bewerbung sagte: „Moment mal, ich muss erst mal meinen kleinen Sohn fertig wickeln." Diese Reaktion erstaunte ihn wiederum. War das wirklich so ungewöhnlich, zuerst an sein Kind zu denken?

Ihn nervte, dass Frieda nur sehr langsam mit dem Einkaufen vorankam. Ständig blieb sie stehen und redete mit irgendwelchen anderen Müttern. Von Ferne bekam er mit, dass es um die Schlafgewohnheiten der Kleinen ging. Der Vater und Pas-

121

tor hätte gern gesagt: „Ich schlafe ebenfalls schlecht, weil ich im Moment gar nicht in meinem Bett übernachte, sondern auf einer Couch neben meinem Schreibtisch. Und weil ich mich dummerweise freiwillig zum Notdienst gemeldet habe." Aber er schwieg lieber vorsichtshalber und lächelte vielsagend von Weitem. Meistens endeten solche Gespräche Friedas damit, dass man sich mit der einen oder anderen wieder verabredete. Häufig kannte Breslauer auch die betreffenden Ehemänner, die man ja immer von weiblicher Seite aus, mit einzubeziehen versuchte. Wobei es oft offen blieb, welcher Art diese Beziehungen waren. Sollte man sie für private halten, weil sie über die Kinder entstanden waren? Oder sollte man sie für dienstliche erklären, weil ihnen eine Amtshandlung als Beginn der Bekanntschaft zugrunde lag. Das war oft gar nicht so einfach aufzudröseln; aber schon wichtig, um eventuell späteren Enttäuschungen vorzubeugen.

Als er mit den Seinen wieder zu Hause war, verstaute er zügig die eingekauften Dinge in den Schränken. Viele Dosen mit Eintopf und Suppe für ein Mittagessen auf die Schnelle. Frieda kümmerte sich um den Kleinen, und er machte gleich von einer Dose mit Erbsensuppe Gebrauch.

„Ich muss noch mein Predigtmanuskript vervollständigen", war kein ausgesprochener, aber ein ab jetzt häufig gedachter Satz. Das kannte er von sich, dass er lange ruhig und gelassen sein konnte, aber plötzlich ohne Ankündigung in einen Zustand hektischer Aktivität verfiel, wenn er noch etwas fertigzustellen hatte. Dann dachte er: „Jetzt habe ich mich so lange mit dem Bibeltext auseinandergesetzt, aber darauf verlassen, dass mir beim freien Halten der Predigt auch das Richtige einfällt, dass lässt mein Inneres nicht zu. Ihm fielen Kollegen ein, die so viel Vertrauen in die eigenen Fähigkeiten des freien Vortragens gesetzt hatten, dass sie einfach irgendwie damit anfingen. Allerdings merkten manche auch nicht, dass sie der Gefahr erlagen, nur schwer ein Ende zu finden und ihre Predigt ohne Spannungsbogen und Höhepunkt zu einem zähen Brei geriet, der für die Zuhörer kaum zu verdauen war. Er tippte auf seiner Reiseschreibmaschine auf extra zugeschnittenen DIN-A5-Bögen und merkte dabei, wie sich immer wieder die Formulierungen und Wörter in seinem Kopf und als Folge davon auch auf dem Papier änderten, als müssten sie um Vorrang kämpfen. Dabei fragte er sich, ob er bei der Entscheidung für bestimmte Formulierungen auch die verschiedenen kirchlichen Gepflogenheiten, wie die in jeder Landeskirche anders akzentuierten Dogmen sowie die kirchenjährlichen Zyklen ausreichend genug berücksichtigt hatte. Aber am Totensonntag ging es ja bei der Predigt um elementarere Dinge, so dass er sich zugestand, hauptsächlich darauf den Schwerpunkt zu legen.

Der Pastor nahm zusehends häufiger wahr, dass man manche Gefühle gar nicht oder nur zum Teil in einer Predigt vermitteln konnte. Da schrieb er eine gute Formulierung. Aber wie klang sie im Ohr desjenigen der seinen Partner, den Freund, das Kind, die Eltern, Geschwister oder einen Arbeitskollegen verloren hatte. Waren vielleicht manche Worte für diese Leute nur leere Worthülsen, die ihnen gar nichts sagten. Vielleicht auch nur den Ärger über die Kirche, der sowieso schon bei ihnen vorhanden war, verstärkten.

Dann merkte Breslauer wieder, dass er einen Beruf hatte, in dem er zum Scheitern verurteilt war, wenn er alles aus eigener Kraft heraus tun wollte. Und er spürte Sehnsucht, sich führen und leiten zu lassen und merkte, wie in ihm der Geist einer traditionellen Frömmigkeit auflebte. Aber mehr als Wunsch- und Hoffnungsziel und nicht als das, was man jetzt schon besaß. „Wie schön wäre es, wenn man befreit von dem Druck, dass alles Gelingen von der eigenen Leistung abhängt durch das Leben gehen könnte. Und wüsste: da ist jemand, der größer und mächtiger ist als man selbst. Ein eigener himmlischer Vormund und Betreuer, wenn

man sich selbst verrannt hat und nicht mehr aus-
kennt." Solche Gedanken kamen Breslauer beim
Anfertigen seiner Predigt. Man merkte ihm an,
dass sie ihm gut taten. Auch wenn sie nicht
schriftreif waren.

Nachdem er die Predigtvorbereitung abgeschlossen hatte, blätterte er noch unschlüssig im Kir-
chengesangbuch und suchte nach passenden Lie-
dern. Mit dem Organisten hatte er vereinbart,
dass er den auch noch abends spät anrufen könnte. Eine gewisse Unsicherheit bei der Auswahl der
Choräle blieb allerdings, weil er nicht mit Gewiss-
heit sagen konnte, ob morgen die meisten Got-
tesdienstbesucher die ernsten und nachdenkli-
chen Lieder kennen würden. An so einem Sonntag
kamen natürlich manche, die nicht häufig zum
Gottesdienst gingen. Sie erschienen, weil der Pastor sie persönlich oder durch Anschreiben einge-
laden hatte. Wollten sich nach der Trauerfeier
noch mal zeigen oder für die warmherzigen Worte
„zum Heimgang" eines Angehörigen bedanken.

Der kleine Arnd spielte noch krabbelnd auf dem
Fußboden. Sein Vater freute sich über ihn und seine Lebendigkeit. Im Gegensatz zu seiner Beziehung zum Sohn merkte er, dass es nicht einfach
war zu Frieda wieder stärkeren Kontakt aufzu-
nehmen. Das Ehepaar hatte sich auseinandergelebt. Besonders in den Monaten der Schwanger-

schaft kam all das nicht mehr vor, was früher einen großen Teil ihrer Beziehung ausgemacht hatte. Waren sie doch, bevor das Kind da war, schnell mal spontan zum Italiener oder Griechen gegangen oder ins Kino, Konzert oder Theater. Diese Spontaneität war jetzt vorbei. Nun musste längerfristig geplant und auf einen Babysitter zurückgegriffen werden, was Arni natürlich nicht recht war. Er wollte ständig die Eltern um sich haben.

Der Pastor und Vormund aber war in der gemeinsamen Gestaltung der freien Zeit mit seiner Frau auch sehr verwöhnt. Über zehn Jahre lebten die beiden in ihrer Ehe sehr aufeinander bezogen. Natürlich gab es neben dieser engeren Ehebeziehung für beide noch andere Kontakte. Breslauer fand sie hauptsächlich im Rahmen seines Berufes. Es waren mehr dienstliche Begegnungen, die nur schwer, oder sehr vereinzelt eine private Färbung erhielten. Seine Frau dagegen baute einen größeren Freundeskreis zu Leuten auf, die sie mochte, den sogenannten „Wahlverwandten". Dabei achtete sie nicht darauf, ob sie die Leute bei einer Veranstaltung der Kirchengemeinde kennengelernt hatte oder ob es Kollegen oder Personen aus ihrem sozialen Umfeld waren. Ohne diese Offenheit wäre sie nicht die Frieda, die Arno mochte. Sie baute und erhielt die privaten Kontakte ja auch für ihren Mann mit. Ohne die wäre er bei seinen

Beziehungen sehr auf seinen Beruf beschränkt geblieben. Also so etwas wie ein Beziehungsfachidiot.

Aber wäre das wirklich für ihn ein Verlust gewesen? Der Pastor hätte das wohl gar nicht so schlecht gefunden, im privaten Bereich freier von Verpflichtungen zu sein. Denn für ihn war der Pastorenberuf so etwas wie ein Hobby, auch wenn es manchmal ein anstrengendes war. Die vielen menschlichen Kontakte, die er hier pflegte, reichten ihm nicht nur aus, sie waren ihm auch, ehrlich gesagt genug. Es waren oft intensive, ihn ganz als Menschen fordernde Beziehungen. Aber sie waren definiert und begrenzt durch sein Pastorenamt; darauf legte er Wert. Das schaffte für Breslauer Räume der Freiheit und ließ die Möglichkeit, die Momente der eigenen Kreativität im Alleinsein nicht abreißen zu lassen. „Mehr an Beziehungen, als ich sie in der Gemeinde finde, brauche ich nicht", betonte er oft gegenüber Frieda. In den wenigen gemeindefreien Stunden ging er spazieren. Dachte beim Gehen einfach nur so vor sich hin. Zu Hause las er ohne bestimmte Systematik oder entspannte sich bei klassischer Musik.

„Doch wo war Frieda überhaupt?", fragte er sich, nachdem er sein Predigtmanuskript mit dem Liederzettel auf den Schreibtisch gelegt hatte. Sie telefonierte mit einer Freundin. Nutzte dafür die Zeit, in der er sich um den Kleinen kümmerte. „Na, mit wem hast du denn gesprochen?", fragte er nach einer Weile. „Ach, das war nur Marlies", antwortete sie aufgekratzt. „Wir treffen uns übrigens nächste Woche mit Marlies und Peter beim Griechen. Sie haben Fotos von ihrer Herbstreise nach Kreta. Kannst du da? Da steht jedenfalls noch nichts auf dem Kalender." Seit einiger Zeit trug das Paar alle Termine in einem Kalender ein. Das reduzierte die Schwierigkeiten, eine gemeinsame private Planung hinzubekommen. Breslauer antwortete, dass er noch nicht genau wüsste, ob das ginge, da eine Ausschuss-Sitzung noch dringend stattfinden müsste. Frieda überhörte seinen Einwand. „Ach, das kriegst du sicher hin. Ich werde jedenfalls schon mal Frau Neumann bitten, ob sie abends auf Arni aufpasst. Wenn er nicht einschläft, spielt sie mit ihm. Du weißt ja, sie ist furchtbar nett." Er erwiderte nichts. Der Kleine kam wirklich gut mit Frau Neumann aus, die bei Breslauers sauber machte. Sie konnte gut mit Kindern. Arni lächelte sie immer strahlend an, wenn sie beim Reinemachen war.

Es war kurz vor sieben. Der Pastor schloss die Tür seines Arbeitszimmers, setzte sich lässig auf das Sofa und schaute sich die Fotos mit seiner Mutter aufmerksam an. Die meisten aus dieser Zeit stammten von Alfred, seinem erheblich älteren Halbbruder. Der hatte damals mit einer einfachen Fotobox geknipst. Es waren ganz passable Bilder. Auf mehreren entdeckte Breslauer seine Eltern. Oft hakte sich die Kindfrau-Mutter bei ihrem vierzehn Jahre älteren Mann unter. Sie lächelte glücklich, als würde sie sagen: „Ich habe einen Beschützer, bei dem ich geborgen und sicher bin." Er dagegen blieb ernst. Behielt auf manchen Fotos die Pfeife im Mund oder in der freien Hand.

„Ein cooler Typ, könnte man glauben. Das war Vater nun aber ganz und gar nicht", dachte der Sohn.

Die Eltern hatten sich in einer Kneipe auf dem Großneumarkt kennengelernt. Mutter wohnte in der Nähe bei ihrer Freundin. Wenn sie sich mit der gestritten hatte, ging sie in den Anker, um ein Bierchen zu trinken. Was für Frauen damals etwas Besonderes war. An jenem Abend der Begegnung, fiel ihr der dunkel gekleidete Mann auf, der einige Tische von ihr entfernt saß. Sein Blick fixierte sie zu lange, um nicht beachtet zu werden. „Ein seltsamer Vogel", dachte sie. Er erschien ihr geheimnisvoll und zugleich bedrohlich. „Was will denn der von mir?", fragte sie sich etwas erschrocken. „Vielleicht ist er von der Gestapo. Aber dazu sieht er mir zu wenig nach Staat aus. Außerdem hat er etwas Triebhaftes an sich. Hoffentlich ist er kein Lustmörder auf Beutefang." Dann erschrak sie.

129

Der seltsame Mann hatte sich etwas schwerfällig von seinem Stuhl, im stärker abgedunkelten Teil des Lokals, erhoben und steuerte unschlüssig und zögerlich auf die überrascht blickende junge Frau zu. Arnos Mutter nahm sich vor, die selbstbewusste Dame von Welt zu spielen, die sich mit bestimmten Männern, zu denen wohl auch der finstere Fremde gehörte, gar nicht erst einlassen wollte. Dann stand er vor ihr. Ein eher untersetzter, aber kräftiger Mann mit kleinen Händen, die nach körperlicher Arbeit aussahen. Er wirkte, bis auf die Augen, in denen ein Feuer zu lodern schien, eher schüchtern und zurückhaltend und kam der jungen Frau in diesem Kneipentrubel vor, wie ein Vogel, der sich verflogen hatte.

„Gestatten Sie, gnädiges Fräulein, dass ich Sie anspreche. Es fällt mir schwer, weil ich es nicht gewohnt bin. Ich habe schon länger dort hinten gesessen." Er deutete auf den dunkleren Teil des Lokals. „Sie sind mir aufgefallen, weil Sie wohl auch wie ich ohne Begleitung sind. Darf ich Sie zu einem weiteren Bier oder zu einer Tasse Kaffee einladen? Ich würde mich freuen, wenn Sie ja sagen würden. Ich bin ein Schiffsmann und viel allein unterwegs. Da freut man sich, wenn man mal mit einem Menschen sprechen kann. Ganz besonders, wenn es eine junge Dame wie Sie ist. Darf ich…" Die so freundlich Angesprochene lächelte und nickte. Der Redende, schien erleichtert und ließ sich behutsam auf den Caféhaus-Stuhl nieder. So vorsichtig, als könnte er die junge Frau mit seiner Gegenwart verletzen. „Der ist kein Lüstling", dachte sie. „Eher ein Enttäuschter vom Leben. Einer wie ich."

Die Stunden verflogen. Er erzählte von dem Schiff seines Vaters, auf dem er gelernt hatte. Von den Jahren im Krieg, wo er als einziger Sohn und durch seine Bruchoperation vom Schlimmste verschont geblieben war. Vom Verlust des elterlichen Kahns durch die Enteignung der Behörden und vom Neubeginn mit der umgebauten Alsterschute. Und er deutete an, dass er sich eine verständnisvolle Frau als Gefährtin wünschte. Eine, die bereit war, mit ihm den Alltag zu teilen. Die auch, wie er, Freiheit und Unabhängigkeit zu schätzen wusste. Er sprach fast mit Pathos davon, wie herrlich es war, wenn man nachts mit einem Schiff auf der Elbe vor Anker lag, und man nichts als das strömende Wasser hörte und nur vereinzelnd ein Zurren der Ankerkette. Irma hörte mit großen Augen und leicht geöffnetem Mund diesem begeisterten Schiffer zu. Sie war überrascht, wie er reden konnte; dieser sonst so schüchtern wirkende, traurig aussehende Mann. Auf einmal spürte sie, dass er unverfälscht und offen war, ja offener als die Männer, die sie bisher kennengelernt hatte.

Spät in der Nacht brachte er sie nach Hause. Verabschiedete sich an der Tür der Mietskaserne. Sie forderte ihn nicht auf mit nach oben zu kommen. Da wäre ja auch die Freundin gewesen, die sicher später Irmas Gefühle zerredet hätte. Ob sie sich wieder sehen würden, fragte der Schiffer. Und wenn ja: Wo und wann? „Im Anker", sagte sie ganz schnell. „Wie heute und ungefähr zur gleichen Zeit." „Also bis morgen", sagte er und drückte ihre kleine, etwas nervöse Frauenhand.

Das war der Beginn. Bald lebte sie mit ihm auf dem Schiff. Kleine Strecken, Stückgut, Sand, Kies. Dann kam der Bombenangriff auf die große Stadt. Sie lagen in Lüneburg. Blieben unversehrt. Es war wie ein Wunder. Mutter war dankbar für ihr Leben. Auch dafür, dass sie ihren Willi gefunden hatte. Sie fühlte sich trotz aller Unsicherheiten der äußeren Welt bei ihm geborgen, wie auf einer kleinen Arche Noah.

Dann wurde sie schwanger. Sie, die bisher immer gebangt hatte, war nun voller ungläubiger Erwartung. Diese Frau mit der Kinderseele, eine Gebärerin. Sie konnte es nicht glauben und hoffte. Es war keine leichte Geburt. Sie war beim Fliegeralarm an Deck gestürzt, gerade auf den Bauch. Dachte das Kind wäre tot. Fast hatte sie sich schon damit abgefunden. „Also, wieder nichts mit dem Glück" wollte sie sich selbst sagen. Der Arzt: „Da sind Herztöne zu hören, ganz ruhig und gleichmäßig. Das Kleine schläft im Bauch, Mädel", sagte der väterliche Mann. „In ein paar Wochen bist du Mutter." Ein Junge war es. Mit Übergewicht. Er tat ihr weh. Doch dann lag er in ihren Armen. Arno nach dem so früh gestorbenen Bruder sollte er heißen. Sie wollte immer wieder daran erinnert werden, dass das Leben weiterging, obwohl oder gerade, weil man Sterben und Tod vor Augen hatte.

Der Krieg war vorbei. Das Wegräumen der Trümmer stand an. Auch der Kahn brachte sie weg aus der Stadt, damit Platz war für Werdendes. So vergingen die Jahre. Man heiratete verspätet. Willi adoptierte den Jungen. Er sollte ehelich sein und Erbe von dem, was man erarbeiten würde. Alles sollte seine Ordnung haben. Deshalb auch Impfungen und Taufe. Es waren wohl glückliche Jahre –trotz äußerer schwerer Zeit. Vielleicht schon die glücklichsten. Wer weiß?

Arno war müde geworden. Das viele Denken an seine Mutter, an die Zeit ihrer Begegnung mit dem Vater. Und die ersten Jahre mit ihm selbst, von denen er kaum was wusste. Das alles hatte ihn erschöpft; aber auch irgendwie beglückt.

Angezogen legte er sich auf die Couch, wie er es in den letzten Nächten oft getan hatte, und versuchte sich zu entspannen. Dabei fiel ihm eine Strophe aus dem Choral „Der Mond ist aufgegangen" von Matthias Claudius ein. Sie hatte ihn schon manches Mal beruhigt und getröstet.

So legt euch denn, ihr Brüder,
in Gottes Namen nieder; kalt
ist der Abendhauch.
Verschon uns, Gott, mit Strafen
und lass uns ruhig schlafen. Und
unsern kranken Nachbarn auch!

Diese Worte waren für den Pastor und Vormund wie ein gutes Mantra; ein Gebetsmantra. Er versuchte, den Strom seiner Gedanken zu zügeln und vertraute darauf, dass er das Läuten seines Telefons schon hören würde, wenn es in dieser Nacht zum Notfall käme.
Dann schloss er einfach die Augen wie ein Kind und ließ sich hinübernehmen in die Welt des Schlafes.

Sonntag, 19.November 1982 (Totensonntag)

Er war früher als sonst aufgestanden. Mehrmals war er in der Nacht aus einer Art Bewusstlosigkeit aufgeschreckt und hatte das Telefon angestarrt. Hatte den Hörer, wie im zwanghaften Wahn, mehrmals abgenommen und auf das Freizeichen gewartet. Der altersschwache Apparat brauchte schon ein paar Sekunden, um die Verbindung zum Amt herzustellen. Doch nach jedem Versuch ertönte bald darauf das erhoffte Signal. Das Telefon funktionierte also, was ihn beruhigte. Es war dann wohl kein Notfall vorgekommen, wo der Pastor und Seelsorger gebraucht wurde. Er schämte sich seiner Befürchtungen und schrieb sie seinem angespannten und erschöpften Zustand zu.

Sollte er duschen? Das würde Frieda und den Kleinen wecken. Er entschloss sich zur Katzenwäsche. Die musste aber sein. Auch das Zähneputzen, damit man nicht mit dem Gefühl von Unsauberkeit diesen besonderen Gottesdienst halten musste. Er kleidete sich langsam an. Die Sachen hatte er gestern schon bereit gelegt. Den schwarzen Anzug. Statt Oberhemd trug er einen weißen Rollkragenpullover aus einer Kunstfaser. Andere Materialien waren im normalen Handel nicht zu bekommen. Dann ging er mit dem Predigtmanuskript in der Hand über den längeren Flur zur Haustür, die er aufschloss und dann von der anderen Seite einfach nur zuzog. Er kam erneut auf einen Korridor, von dem die Tür zu seinem offiziellen Dienstzimmer abging. Der Raum war dunkel und ungemütlich. Auch an sonnigen Tagen musste man immer die Deckenbeleuchtung anlassen. Das einzige Fenster hier war so gelegen, dass es kaum Tageslicht einließ. Aber der Pastor hatte ja glücklicherweise noch sein privates Arbeitszimmer in der Wohnung und traf sich in diesem höhlenartigen Raum nur mit Leuten, die kurz Dienstliches mit ihm klären wollten.

Kaum hatte Breslauer diesen unfreundlichen Raum betreten, begann er im Lichtschein seine Predigt laut zu rezitieren. Er machte beim Reden Gesten und ließ den ganzen Körper mitsprechen. Hier würde er damit Frau und Kind wenigstens nicht aufwecken.
„Liebe Gemeinde!
Geschlossene Türen, die kennen wir! Sie sind ein Bild für das Gefühl, wenn etwas abbricht, zu Ende ist. Wenn der Tod sich wie eine trennende Wand zwischen uns und unsere Planungen, Hoffnungen und Ziele schiebt."

Einige Absätze las er mehrmals. Unterstrich manches mit dem Kugelschreiber für die Betonung. Änderte das eine oder andere Wort oder strich ganze Passagen; entweder ganz weg oder er baute sie woanders im Text ein. Das machte er so lange, bis er das Gefühl hatte, dass es so mit der Predigt gehen würde.

Dann begann er einige liturgische Elemente aus der Gottesdienst-Ordnung zu singen.

Ehr sei dem Vater und dem Sohn
und dem Heiligen Geist,
 wie es war im Anfang,
 jetzt und immerdar
 und von Ewigkeit zu Ewigkeit!
 Amen.

Der Pastor hatte einen kräftigen, selbstbewussten
Bariton. Leider nicht ausgebildet, was er mehr und
mehr bedauerte.
Nach diesen Predigt-und Gesangsübungen ging er
in seine Wohnung zurück und schlich in die Küche.
An Sonntagen, an denen er Gottesdienst hatte, aß
er nur spärlich. Meistens bestand dann sein Frühstück aus zwei Scheiben Knäckebrot, die er dünn
mit Orangenmarmelade bestrich. Auf den Boh-
nenkaffee, der sonst für ihn ein Muss zum Einstieg
in den normalen Tag war, verzichtete er ganz.
Stattdessen brühte er sich einen Kamillen-oder
Pfefferminztee. Im Pastorat war es um diese Zeit
noch ruhig.
Der Pastor hatte sich angewöhnt, gegen neun an
der Kirche zu sein. Hier an den ländlichen Rän-
dern der Großstadt begann der Gottesdienst
schon um halb zehn. Ein ziemlich früher Zeitpunkt
für Stadtmenschen, den sie häufig als Grund an-
führten, diesen Zusammenkünften gänzlich fern-

zubleiben. Solche Begründung war für Breslauer nur eine Ausrede für tiefer liegende Sachverhalte, die etwas mit Bequemlichkeit zu tun hatten.

Er faltete den schwarzen Talar zusammen, steckte ihn in einen Kleiderbeutel und stopfte das Bündel zusammen mit den Predigtunterlagen und dem weißen Beffchen in eine kofferartige Aktentasche. Dann machte er sich auf den Weg zur Kirche. Dieser Teil der Vorstadt, deren Bewohner größtenteils zugezogene Flüchtlingsfamilien aus Pommern und Ostpreußen waren, befand sich noch im Vormittagsschlaf. Für den Weg, den er fast in der Gemütsverfassung eines Pilgers zurücklegte, brauchte er etwa 45 Minuten. Das war sein durchschnittlicher, mit der Armbanduhr gemessener Erfahrungswert.

Als er in die Nähe des weiß getünchten Kirchturms kam, der an Alter das rötlich schimmernde Kirchengebäude, im neuzeitlichen schmuckarmen Baustil aus den 50ger Jahren, um einige Jahrzehnte übertraf, begannen auch dieses Mal wieder die Glocken zu läuten. Seine Schrittfolge war also synchron mit den vielen vergangenen Schritten, die er im Laufe seines Dienstes an dieser Gemeinde bei Wind und Wetter gegangen war. Immer wenn er am Turm vorüberging, ertappte er sich bei dem Gefühl das Geläut galt nur ihm. Und so etwas wie Stolz stieg in ihm auf. Doch sofort fing er sich wieder und brach jeden Gedanken, der ihm überheblich erschien, abrupt ab. Es wurde eben geläutet, weil es in früheren Zeiten die Bedeutung eines Weckers hatte. „Steh auf!", mahnte es die Gläubigen. „Und wenn du schon auf den Beinen bist, nehme dir nicht mehr zu viel zu Hause vor. Denn bald werden die Glocken noch einmal ertönen. Wenn du dich dann nicht auf den Weg machst, kommst du zu spät. Und dann wird es so sein wie in der Geschichte aus der Bibel: Das Portal wird geschlossen. Und die, die zu spät kommen, haben das Nachsehen und müssen draußen bleiben." Pastor Breslauer beschleunigte seine Schritte, als würde ihm die Küsterin gleich die Tür vor der Nase zuschlagen. Sie war die Witwe des verstorbenen früheren Küsters und hatte sich nach dem Tod ihres Mannes bereit erklärt, dessen Job zu übernehmen. Die Leute aus der Gemeinde sagten viel Freundliches über ihren Mann, weil sie ihn in guter Erinnerung hatten. Von ihr dagegen sagten sie: „Mit der ist nicht gut Kirschen essen." Doch Breslauer konnte sich auf diese etwas herrische Frau verlassen. Sie mochte ihn. Vielleicht, weil er ihr kaum widersprach und das Gefühl gab, dass er an den alten eingespielten Traditionen der Gemeinde festhalten würde.

Immer wenn Breslauer die Kirche betrat, hatte er das Gefühl, sich in das weit geöffnete Maul eines

Ungeheuers zu begeben. Er stellte gern Beziehungen zum alttestamentlichen Propheten Jona her. Auch ihm musste es so vorgekommen sein, als er sich in das riesige höhlenartige Maul eines Walfisches begaben hatte, beziehungsweise von ihm gegen seinen Willen einfach verschluckt wurde. In seinem Inneren konnte Jona aber überleben und reifen für den Auftrag Gottes. Der war allerdings kein so guter, sondern der Prophet sollte der großen Stadt Ninive ihren Untergang verkündigen, weil sich die Bewohner gegen Gott versündigt hatten. Das unterschied Pastor Breslauer allerdings stark von diesem Gottesmann aus der Vorzeit, dass er sich vorgenommen hatte, positiv und wohlwollend allen Menschen zu begegnen.

Hinter einem unauffälligen Altartisch mit Kruzifix, erhob sich eine Backsteinmauer, die den Kirchraum nach Osten hin begrenzte. Es war dämmerig. Als herrschte der Geist der Abschirmung und des Schutzes vor der Welt. Der Geist der Sintflut, wo Noah mit den Seinen und den Tieren als Vertreter der Geschöpfe vor der Vernichtung Schutz suchen konnte. Breslauer fand, dass die Schutzfunktion für die Hilflosen und Bedrohten – auch für die sich vielleicht nur bedroht Fühlenden – eine elementare Aufgabe der Kirche und überhaupt der Religion war. Reliefs von Gebäuden einer orientalischen Stadt, die sich aus einem steinernen, unvertraut erscheinenden Himmel, auf eine Ansammlung von Häusern im unteren Bereich der Mauer zubewegten, zogen die Blicke der Eintretenden auf sich. Eine Darstellung des kommenden Reiches Gottes, des himmlischen Jerusalem. Es schien sich auf das von Menschenhand gebaute herab zu senken. Je länger man auf dieses gewaltige Kunstwerk an der Wand blickte, desto weniger nahm man die Grenzen zwischen Himmel und Erde wahr. Es schien beim Betrachten ein Gemenge zu entstehen; eine nicht mehr zu trennende Einheit aus Menschlichem und Geheiligtem. Der Pastor betrachtete gern dieses Relief. Es kam dem sehr nahe, was auch er glaubte.

Die Zeit war gekommen, um sich für den Gottesdienst anzukleiden. Sich symbolisch auch selbst mit dem größten Teil der Person von Gott, wie von einem Gewand umhüllen zu lassen. Es klopfte. Die Küsterin bat um die Nummern der Kirchenlieder, um sie zur Orientierung in die dafür vorgesehenen Rahmen an den Wänden zu stecken. Freundliche Worte wurden kurz gewechselt. Dann ließ sie ihn wieder allein. Spürend, wie sehr er zum Gelingen seiner Aufgabe noch Stille brauchte. Schritte und Stimmen verstärkten sich draußen. Die Leute betraten die Kirche. Nicht alle Schritte waren gleich zielgerichtet und sicher. Manche Besucher näherten sich unbeholfen. Warteten auf andere. Gingen kurz vor der begrenzten Isolation von der Welt und dem Alltäglichen noch mal schnell vor das Portal, um sich eine Zigarette anzuzünden.

Knapp vor Beginn erschien sein Kollege. Breslauer war erstaunt, dass der ihm zur Begrüßung die Hand hinstreckte. Das tat er sonst kaum. „Bakterien soll man nicht unter die Leute bringen", bemerkte er gern spitz. Heute war Breslauer mit dem Händedruck einverstanden. Er hatte ja auch die Predigt für diesen Sonntag schnell übernommen, was sein Amtsbruder wohl als Entgegenkommen aufgefasst hatte. Nachdem der im Mitarbeiterkreis seit Wochen verkündete, dass er wegen seines starken Engagements in der Friedens-Dekade keinen „Bock" mehr auf traurige Predigten am Totensonntag hätte. Im Gegensatz zu Breslauer sprach der schnell und ohne Skrupel aus, was er dachte.

„Arno, wir haben uns ja schon in unserer Absprache darüber verständigt, wie wir die Liste der Verstorbenen verlesen wollen. Du wolltest mit dem Lesen beginnen. Das finde ich auch in Ordnung, denn du stehst ja allein schon durch die Predigt stärker im Blickfeld der Gemeinde als ich." Breslauer versuchte einen höflichen Einwand, der aber vom Kollegen überhört wurde. Der fuhr mit seinem Rekapitulieren der angeblichen Absprache fort, an die sich Breslauer nur sehr schwach, eigentlich gar nicht mehr, erinnern konnte. Wahrscheinlich war es nur die Verabredung zu einer

Absprache, die beim anderen als eigentliche Absprache hängen geblieben war. „Aber, was soll's?", dachte der bald Predigende. „Ist doch egal, wer von uns zuerst mit dem Lesen anfängt." „Dann folgt ein kurzes Orgelstück", rekapitulierte der Ältere weiter den Ablauf. „Anschließend verlese ich die Namen der Verstorbenen aus dem Mittelteil. Danach gibt es wieder eine kurze Lesepause, die von einer einfühlsamen Intonation auf der Orgel begleitet wird; zur Beruhigung der Emotionen. Dann machst du den Schluss. Bis du damit einverstanden? Also o.k.. Du hättest dann zwar etwas mehr gelesen als ich, aber sagtest du nicht, das macht dir nichts aus?" Breslauer nickte zustimmend. Froh, dass dieses pseudo korrekte Ge rede nun ein Ende hatte.

Die Glocken setzten wieder ein. Sie würden mit ihrem Geläute die Gespräche zwischen den Geistlichen zum Erliegen bringen. Deshalb vertieften sich beide still in ihre schriftlichen Unterlagen. Dann wurde der Ton schwächer, bis er schließlich ganz verstummte. Auch das Gemurmel der vielen Stimmen in den Kirchbänken schien mit dem Abebben der Glocken synchron abzulaufen.

„Na, dann wollen wir mal ans Werk, Kollege." Der Ältere öffnete mit Ruck die Tür zum Vorraum. Dann trat man ins Kirchenschiff. Sah die Rücken von Frauen, Männern und Jugendlichen. Kinder waren kaum da. Hatte das himmlische Jerusalem vor Augen, auf das man zuschreiten würde, um kurz vor dem Altar nach rechts auszuweichen, damit man in der ersten Reihe Platz nehmen konnte. Während des Gehens, ja Schreitens, spielte die Orgel langsam und getragen den Choral „Wachet auf, ruft uns die Stimme" – fast zu langsam und zu getragen, als dass man dabei gut gehen oder schreiten konnte. „Ja, Wachsein ist alles im Leben, darauf kommt es an", dachte der Prediger und ergänzte noch für sich die Bedeutung mit „Wachsamkeit" und „auf der Hut sein".

Alles verlief wie geplant. Es war ja auch gut vorbereitet. Mancher schnäuzte sich bei der Predigt. Der Kollege nickte Breslauer ab und zu bestätigend zu. Das war wiederum für die Gemeinde Zeichen genug, dass die Predigt des Jüngeren Anerkennung gefunden hatte, und dass man sich ihr auch als theologischer Laie bedenkenlos anvertrauen konnte. Zum Schluss stellten sich beide Amtsbrüder an den Ausgang. Als Zeichen, dass sie bereit für kurze Wortwechsel mit den nach draußen strömenden Besuchern waren. Danach packten die Akteure ihre Talare zusammen. Der Amtsbruder sagte: „Das hast du ja gut hingekriegt mit diesen Jungfrauen. Mir wäre dazu nichts weiter eingefallen, als dass sie blöd waren." Breslauer wusste nicht, ob ihn der Kollege hochnehmen wollte. Zuzutrauen wäre es ihm. Deshalb lächelte er nur. „Übrigens, wie läuft dein Notdienst? War irgendwas los? Naja. Ist ja gut, dass es gemacht wird. Dumm nur, dass man die ganzen Abende festliegt. Ich bin da ja schon länger raus. Zuletzt hat mir nicht mehr gepasst, wie das organisiert wurde. Dafür sollten sie doch mehr hauptamtliche Notfallseelsorger einsetzen. Aber ich muss los. Eva und ich, wir kriegen Besuch. Mach's gut. Grüß Frieda und deinen Kleinen. Wie alt ist der noch mal?" „Zehn Monate." „Genieße es, ‚alles hat seine Zeit' und sie ist kurz." Diesmal winkte er nur noch schnell von der Tür aus und war dann fort. Breslauer hatte unvorbereitet zurückgewinkt. Eine unbeholfene Geste, wie beim Verscheuchen einer Fliege. Etwas lockerer als am Morgen schlenderte er nach Hause.

Dort wollte der Pastor und Vormund versuchen, sich diesen Sonntagnachmittag privat frei zu halten. Zum einen hatte er in der kommenden Nacht noch das letzte Mal Notdienst; zum anderen hatte er ja schon durch seinen Gottesdienst eine Menge an Stresshormonen zu verarbeiten gehabt. Deshalb hatte er sich vorgenommen, schon am Nachmittag dieses stillen, zum Nachdenken geeigneten Sonntags, sein Arbeitszimmer aufzusuchen. Bei Frieda fand er dafür nur widerwillig Verständnis. Sie reagierte auf ihn bei Tätigkeiten, die das Privatleben betrafen, schnell vorwurfsvoll und gereizt. Nach dem Motto: „Schau dich doch mal um: alle Leute haben am Wochenende für ihre Familie Zeit. Dein Sohn kennt dich ja kaum noch. Ich komme mir bald schon vor, wie eine allein erziehende Mutter." Breslauer spürte, dass seine Frau mit vielem überfordert war: Mit den Problemen, die sich bei ihr persönlich durch eine enge, von Verboten überfrachtete christliche Erziehung ergeben hatten. Und das neue Aufreißen dieser alten Wunden durch das Leben in einer Kirchengemeinde an der Seite eines Pastors.

„Wo war die Freiheit der Studentenzeit geblieben?" Fragte sie sich oft. Sie und ihr Mann hatten früher manches in der Gesellschaft kritisch gesehen: Die etablierten Gruppierungen, die auf Kosten der unteren Schichten zur Macht gekommen waren; die Institution Kirche, die mit veralteten Rollenvorstellungen und verstaubter Moral die Menschen unfrei machte. Häufig saß man unten den Kanzeln von Theologen, die bisherige Glaubens- und Wertvorstellungen in Frage stellten. „Befreiung" war das Zauberwort; Entrümpelung von allem, was veraltete Moral war und was das Leben einschränkte. So führten die Breslauers ein Leben wie viele andere Studierende auch, die in diesen Jahren an den Universitäten eingeschrieben waren. Sie dachten kaum daran oder sahen es noch in sehr weiter Ferne, dass sie vielleicht eines Tages selbst in einer dieser, von ihnen kritisierten Institutionen Verantwortung tragen könnten. Ebenfalls brauchten sie eine Weile, bis sie sich darüber klar und einig waren, dass sie ein Kind haben wollten. Das Zögern ging dabei mehr von Breslauer aus. Der einstige Wonneproppen hatte es, wie schon im Mutterleib des letzten Kriegsjahres, auch in den weiteren Jahren als Kind nicht leicht gehabt. Das hielt ihn wohl davon ab, sich gleich selbstverständlich und enthusiastisch in die Vater-Rolle zu schicken.

Von solchen Gedanken erfüllt, begab sich der Pastor zur Nachmittagsruhe und zum Kräfteschöpfen für die letzte Etappe seines Notdienstes. Danach schloss er, wie so oft, die Tür seines Arbeitszimmers hinter sich und ließ all das draußen, was ihn im Alltag belastete und behinderte. Er hatte sich für heute vorgenommen, die Lebensgeschichte seiner Mutter weiter fortschreiten zu lassen.

Gedanken und Mutmaßungen
über Irmas weiteres Leben

Das Leben war nicht einfach in der winzigen Kajüte für eine junge Frau mit Baby. Sie war auf sich allein gestellt. Keine Mutter, Schwiegermutter oder Großmutter. Niemand war da, um zu beraten, zu helfen oder beizustehen. Nur der eigene Mann gab wortkarg Laute der Unwissenheit von sich, die nicht weiterhalfen. Weinen und längeres Schreien des Kleinen signalisierten aber schon, wenn etwas total falsch gemacht wurde oder von ihm vermisst. Der Schiffer-Vater war von seiner Arbeit in Anspruch genommen. Er musste sich um Fracht, Proviant und Instandhaltung des Kahns kümmern. Außerdem trug er bei der Fahrt die Verantwortung für Schiff und Ladung. Das waren Pflichten und Aufgaben genug für einen Mann, fand er. Um das Kind wollte er sich nicht auch noch kümmern. Außerdem kannte er es von seinen Eltern so, dass die Sache mit den Kindern Aufgabe der Frau war. Sie hatte das, was alles damit zusammenhing zu bewältigen. Mehr oder weniger nach der eigenen Geschicklichkeit. Außerdem hatte der Schiffer keinen Bootsmann oder wenigstens eine Hilfskraft. Er war in der praktischen Arbeit ebenfalls allein. In der ersten Zeit hatte Irma aus Liebe zu ihrem Willi versucht, den Bootsmann zu ersetzen. Doch das war an dem kleinen Arno gescheitert, der die Mutter mehr beanspruchte und brauchte, als es sich die Eltern vorgestellt hatten. Er war wohl kein Kind, das an sich selbst genug hatte und mit allem zufrieden war. Der Kleine nahm so oft wie möglich seine Mutter in Anspruch. Wollte dieses und jenes. Und hätte es sicher gern auch noch mit seinem Vater so getrieben. Doch der war eben an Deck, im Steuerhaus oder im Maschinenraum und so durch seine Arbeit für den Kleinen nicht greifbar.

Dieser Gedanke der Ungreifbarkeit gegenüber dem Kind, erinnerte Breslauer an die Vorwürfe aus dem Munde Friedas.

Als der Kleine älter wurde, spielte er auf bewachsenen Uferwegen und Wiesen, wenn das Schiff in den Monaten des Sommers irgendwo festgemacht hatte. Mutter und Sohn lagen einträchtig im Gras, während der Vater arbeiten musste. Die junge Frau blies die Samen des Löwenzahns ihrem Sohn ins Gesicht. Oder sie spielten Fangen. „Wer kommt in meine Arme?" Rief sie dem Kind zu und breitete einladend die Arme aus. „Ich!" Kam es aus dem kleinen Mund. Erste Worte, die man als Eltern nicht vergisst. Dann rannte der spätere Vormund auf seine Kind-Mutter zu. Sie schwenkte ihn in die Luft, dass er vor Begeisterung jauchzte, drehte sich mit ihm wie ein Karussell. immer wieder und wieder. Das Kind war in diesen Stunden glücklich. Die Mutter wohl auch. Der Vater war von diesem Glück ausgeschlossen. Er wurde auf dem Schiff gebraucht. Das war seine Arbeit und Aufgabe. Sein Leben, in dem er sicher war.

Als Arno drei Jahre alt war, wurde ein Dampfer gekauft.

Warme, fast heiße Decksplanken an sonnigen Sommertagen. Weißer Dampf, wenn der lange Schornstein unter den Brücken eingeholt wurde. Nun waren zwei Männer mehr auf dem Schiff: Ein alter Heizer und Maschinist und ein junger Bootsmann oder Schiffsjunge. Es folgten ein paar Jahre des Geldverdienens. Oben an Deck qualmte es. Der Rauch war oft schwärzlich, und man musste husten. Irma blieb mit dem Kind lieber in der Kajüte. Auch weil oben an Deck zu viel Trubel herrschte. Der kleine Junge half der Mutter beim Kochen. Mehr symbolisch. Er stand neben dem Kohlenherd und sah es in den Kochtöpfen brodeln. Suppe gab es oft. Kotelett, Roulade, Eisbein, Grützwurst. In der Speisekammer hingen mehrere Mettwürste von der Decke und mindestens ein großer geräucherter Schinken. Diese Sachen kaufte man direkt beim Bauern. Man bezahlte teilweise mit abgezwackter Steinkohle von der Ladung.

Wenn das Schiff im Hafen angelegt hatte, war der Vater oft unterwegs. Bemühungen beim Betriebsverband und der Reederei um neue Ladung, Besorgungen bei Banken und Firmen. Manchmal traf er andere Schiffer. Sie kehrten auf ein Bierchen ein. Dabei konnte aus einer harmlos beginnenden Besorgung eine viele Stunden, wenn nicht sogar Tage, dauernde Sauftour werden. Seine Frau stellte ihren Mann häufig zur Rede: „Willi, wenn du arbeitest, hast du keine Zeit; wenn wir irgendwo liegen auch nicht." „Irmi, das Schiff ist unsere Existenz, einer muss sich ja darum kümmern, dass alles weiter funktioniert. Glaubst du, mir macht das Spaß?"

Wenn ihr Mann so redete, war Irma bald still, und trotzdem war sie mit seiner, nach einer Ausrede klingenden Antwort nicht zufrieden.

Aber auch Willi hatte irgendwann Gründe mit seiner Frau immer weniger zufrieden zu sein. Sie verplemperte, nach seiner Meinung, ihre Tage mit unsinnigem Zeug. Kochen tat sie ja einigermaßen, wenn er eingekauft hatte. Aber auch hier musste er ihr vieles erklären und zeigen, was sie noch nie gemacht hatte und nicht kannte. „Hat denn die Frau nicht bei ihrer Mutter in der Küche aufgepasst?" Dachte er dann. Bald darauf fiel ihm aber ein, dass sie ja ihre Mutter schon mit 12 Jahren verloren hatte. Und er nahm sich vor, in dieser Angelegenheit forthin nicht so schnell aus der Haut zu fahren.

Doch bei einer anderen Sache konnte er sich bei ihr nicht mehr zurückhalten: Sie machte selten, ja fast nie, die Kajüte sauber. Wie gewissenhaft war beim Putzen immer seine Mutter gewesen. Vor dem Abstieg in die Wohnräume des Kahns lag stets ein sauberer Feudel zum Füßeabtreten. Außerdem zog man danach noch das Schuhzeug aus. So waren die Wohnräume auf dem Kahn immer sauber und aufgeräumt, wie ein Schmuckkästchen. In den eingebauten Schränken stand das Geschirr geordnet. Auf dem Fußboden lagen kleine Läufer und auf dem Tisch eine saubere Decke in fröhlichen Farbtönen, von den kleinen stimmungsvollen Bildern und Verzierungen an den Wänden ganz zu schweigen.

„Es war in der Kajüte bei seiner Mutter einfach wohnlicher und gemütlicher als hier", stellte Willi fest. Und schwärmte in Gedanken weiter von seiner Mutter. „Und Essen zubereiten konnte die. Wenn sie Kartoffeln kochte, leckte man sich die Finger, so mehlig waren sie. Und sie konnte braten und wusste, wie lange sie die Pfanne auf dem Kohlenherd stehen lassen durfte, damit die Schnitzel saftig blieben. Und die Soßen erst, so viele verschiedene Arten von Soßen. Nicht einfach fertige Tütensoßen, wie das jetzt die meisten machen, sondern alle selbst gemacht, mit Mehlschwitze und so."

Willi kam ins Schwärmen. „Ja, seine Mutter, die war schon was Besonderes: Schifferfrau und Hausfrau zugleich."

Aber seine Irma, die träumte mit offenen Augen. Sie tat immer so, als wäre sie nur zu Besuch auf dem Schiff. Oft hatte er sie schon angeschrien, sogar vor dem Jungen: „Du gehörst hierher", hatte er gesagt. „Das hier ist dein Zuhause und das sieht aus wie ein Drecksloch." Irma hatte dann nur mit großen, auf ihn gerichteten Augen durch ihn hindurchgeblickt und war, ohne was zu sagen, weggegangen. Aber wenn er in Rage kam, setzte er seine Litanei noch länger fort. „Der Junge ist ja noch ein Kind, aber den muss man auch dazu erziehen, dass er das Arbeiten lernt und nicht den ganzen Tag Bücher anguckt und mit dir herum albert. Wir müssen hier bei der Schifffahrt alle an einen Strang ziehen."

Einmal, als der kleine Vormund auf der Fußbank stand und durch ein Bullauge auf den Fluss und seine Ufer mit kleinen Dörfern, Wiesen und Kühen blickte, kam der Vater herein. Nahm, ohne ein Wort das Küchengeschirr aus dem Schrank. Stellte alles auf den Tisch. Hob dann Stapel für Stapel hoch und ließ das Ganze auf den Boden fallen. Auch schmutziges Geschirr mit Speiseresten war dabei und verunstaltete, die vorher schon nicht saubere Kajüte noch mehr. Dann sah der Junge im Spiegelbild des Bullauges den Vater wortlos wieder ins Steuerhaus gehen. Seine Mutter war über alles sehr traurig und weinte lange. Damals konnte sie wohl noch weinen. Später wusste man über ihre Gefühle nichts mehr. Sie waren, wie ein kranker Mensch, langsam eingegangen und seine dazu gehörige Mutter war als Gefühlsleichnam zurückgeblieben.

„Kann man das so sagen?" überlegte der Vormund. Er fühlte sich erschöpft. Es war für ihn nicht leicht, die aus der Tiefe seiner Erinnerung hervortretenden Bilder auszuhalten und diese bruchstückhaften Gedächtnisreste in das Mosaik einzufügen, was das Leben seiner Mutter ergeben sollte. Was hatte seinen Vater nur so werden lassen? Wie erschöpft und am Ende musste sich jemand fühlen, der nur noch kaputt schlagen konnte, was seiner Frau etwas bedeutete.

Der Vormund erinnerte noch sehr genau, was damals weiter geschah: Er holte aus der Abseite eine Küchenschippe und einen Handfeger und versuchte die Porzellan- und Speisereste aufzufegen und in einen Mülleimer zu schütten, während seine Mutter immer noch weinte. Dann ging er auf sie zu und streichelte ihr verheultes Gesicht. „Papa, meint es nicht so", sagte er. „Der ärgert sich doch nur, weil alles so schmutzig ist. Wir putzen einfach beide zusammen." Dann suchte die Mutter ein Taschentuch und begann zu lächeln.

Breslauer musste nach einer Aufwallung seiner Gefühle erst einmal eine Pause einlegen.

„Hallo, wo seid ihr eigentlich?" „Wo sollen wir schon sein?", antwortete Frieda, mit unterkühltem Ton in der Stimme. „Wir sind im Wohnzimmer und versuchen uns die Zeit zu vertreiben. Was soll man an einem solchen trüben beschissenen Tag schon manchen?" Arni begann gleich auf seinen Vater zuzurobben. Der nahm ihn auf den Arm und war wie verwandelt. Nach einer herzlichen Begrüßung mit viel Lachen und hin und her schwenken, setzte er ihn wieder auf den Boden, indem er ihm liebevoll einen Kuss auf den spärlich mit blonden Härchen bewachsenen Kopf drückte und sagte: „Moment, mein Lieber. Ich will mir nur noch schnell einen Kaffee machen."

Dann verschwand er in der Küche. Dort steckte er eine Filtertüte in den Halter der Maschine und gab die notwendige Menge Kaffeepulver hinein. Füllte den Tank für zwei Tassen und drückte den Schalter. Es blubberte und zischte. „Die muss auch schon wieder entkalkt werden", murmelte er vor sich hin. Er schaute kurz aus dem Fenster. „Wirklich, ein düsterer, trostloser Friedhofstag", dachte er. Aber eigentlich war dieser Tag, trotz seiner traurigen Bezeichnung für ihn gar nicht so düster. Der Pastor hatte heute seine Gefühle stärker als sonst gespürt. Das war ein kleines Erfolgserlebnis für ihn. Fast wie bei einem Sportler, der nach längerer Karenz wieder die Kraft seiner Muskulatur wahrnahm. Dann hörte er durch die offenen Türen, wie Frieda den Kleinen besänftigte, der schon ungeduldig auf seinen Vater wartete. Der nahm sich aus der Dose noch einige Kekse und ging dann mit Becher und Untertasse zurück ins Wohnzimmer. Dort stellte er seine beiden Teile auf den kleinen Tisch und ließ sich, etwas erschöpft und bereit zur Entspannung, auf den blau-weiß gestreiften Sessel sinken. Arni krabbelte auf ihn zu und wollte wieder auf den Arm. Breslauer setzte seinen Sohn auf seine Knie, nachdem er den heißen Kaffee möglichst weit weg geschoben hatte. Als er merkte, wie unpraktisch es war, mit dem Sohn auf den Knien Kaffee zu trinken, ließ er ihn schnell wieder auf den Fußboden. Dann nahm er einen Keks und hielt ihn dem Kleinen hin. Dabei sagte er: „Bitte schön!" Geben und Nehmen, das spielten beide gern. Arni ergriff den Keks, knapperte kurz daran und gab den etwas matschigen Rest seinem Vater zurück. Der sagte ebenso demonstrativ wie beim Keksangebot: „Danke schön!" Nahm ihn und hielt ihn extra übertreibend mit Kaubewegungen an seinen Mund, indem er ausrief: „Mhm, schmeckt der aber gut." Das hatte zur Folge, dass der Kleine sich freute. Dieses Spielchen wurde einige Male wiederholt, bis es irgendwann dem Kleinen langweilig geworden war.

Breslauer trank seinen Kaffee. Seine Frau blätterte in einer Frauenzeitschrift. In diesen Minuten fühlte er sich nahe dran an dem, was er sich als Glück vorstellte.

Im Anschluss an solchen Momenten wurde der Versuch unternommen das Notwendigste zwischen den Eheleuten abzusprechen. Der Pastor erzählte seiner Frau von seiner eigenartigen Stimmung, die sich heute Nachmittag zwischen Traurigkeit und Erleichterung bewegt hatte. Dabei hoffte er, sie würde dieses Mal so reagieren, dass es ihm danach besser ging. Doch das Gespräch lief wieder genauso ab wie so oft. Frieda antwortete: „Das ist doch klar. Du bist traumatisiert. Gut, dass du es endlich mal geschafft hast, an deine Gefühle ran zu kommen. Das ist doch wenigstens schon mal ein Fortschritt."

Der Vorwurf traf ihn. Aber Breslauer ließ es sich nicht anmerken. „Du", sagte er. „Ich muss meine Mutter besuchen. Wenn ich das nicht gleich mache, wird in diesem Jahr nichts mehr daraus. Du weißt ja, wie angefüllt mit Terminen die Advents- und Weihnachtszeit ist." Er hatte schneller als normal gesprochen, wie jemand der etwas sagte, weil er es loswerden wollte und wusste, dass es der andere nicht gern hörte. Frieda sah ihn enttäuscht, fast strafend an. „Mach es, wie du denkst. Ich muss ja sowieso alles alleine machen. Ich hoffe, du übernimmst solchen Notdienst nicht noch mal freiwillig. Das war Stress für uns alle. Das will ich dir nur sagen." Der Kleine hatte zu quengeln begonnen. Das Gespräch zwischen den Eltern war laut geworden.

Noch eine Weile blieb Breslauer sitzen. Dann erhob er sich langsam, etwas unentschlossen, so als würde in ihm ein Kampf stattfinden, ob er gehen oder noch länger sitzenbleiben sollte. Dann siegte der Impuls wieder in die Geschichte seiner Mutter einzutauchen.

„Gleich morgen früh wird er den Propst um einige Tage Urlaub bitten", legte er sich innerlich zurecht.

Dann kam das zweite größere Ereignis für das Schiff und für die Breslauers. Aus dem Frachtdampfer wurde ein Motorschiff. Man lag einige Monate auf einer Schiffswerft in Travemünde. Die Mutter machte mit dem Kind manche Besuche bei Verwandten in Lübeck. Oft fuhren die beiden auch mit dem Zug nach Hamburg, um in Altona Spaziergänge zu machen. Irma genoss es, dem kleinen Vormund ihre alte Gegend zu zeigen, in der sie aufgewachsen war.

Im Jahr des Umbaus wurde Arno schulpflichtig. Das war ein Problem für die Breslauers. Man besaß keine Wohnung an Land. Nur eine Kajüte auf dem Schiff, das immer auf den Gewässern hin und herfuhr.

Wieder und wieder Vertröstungen, Versprechungen und Ausreden, wann das nun stattfinden würde, mit der Einschulung. Die Eltern bekamen es einfach nicht organisiert. Wochen vergingen. Der Umbau war abgeschlossen. Das Schiff begann unter den neuen Voraussetzungen seine Fahrten, nun von einem Brennstoffmotor, statt von einer Dampfmaschine angetrieben. Sie erstreckten sich von der Elbe über den Mittellandkanal bis zum Ruhrgebiet und dem Rhein.

Als man dort in einem Hafen lag, entwickelte Mutter Irma nun doch Initiative an der verfahrenen Einschulungssituation ihres Sohnes was zu ändern. Sie „mopste", wie sie sich gern ausdrückte, ihrem Willi in einer Nacht, als der seinen Rausch wieder mal ausschlief, eine größere Geldsumme. Dann fuhren Mutter und Sohn nach Hamburg. Beide lebten dort einige Wochen oder sogar Monate in einer Art von Saus und Braus. Sie wohnten in guten Hotels, aßen gepflegt und kauften teure Sachen. Die ganze Angelegenheit scheiterte schließlich daran, dass Irma nicht bedacht hatte, dass auch viel Geld einmal zur Neige ging. Das geschah früher als die beiden erwartet hatten. Wobei zur Entschuldigung des schulpflichtigen kleinen Vormunds gesagt werden muss, dass er immer wieder, wie ein richtiger Vormund die Mutter ermahnte und warnte. „Du wolltest doch für uns eine Wohnung suchen; du wolltest mich doch einschulen; du wolltest dich doch um Arbeit kümmern und dich scheiden lassen." Nichts davon war passiert. Schließlich wurde der Schiffer Wilhelm Breslauer von der Polizei informiert, dass Ehefrau und Sohn sich total mittellos in Hamburg aufhielten, und er kommen müsste um Schlimmeres zu verhindern. So verlief diese Aktion der Mutter, ihren Sohn einzuschulen und sich vom Ehemann und dem Schifferleben zu trennen, im Sande oder anders ausgedrückt: in einem totalen Desaster.

Danach lebte die Familie, als wäre nichts geschehen. Nur, dass der Vormund in spe immer wieder von seiner Mutter hörte: „Ich liebe meinen Mann Willi. Wir gehören zusammen." War dieses Bekenntnis nun ein Sinneswandel aus der Einsicht, dass man nicht auseinander kam oder war es die Erkenntnis, dass sie ihren Mann, als sie vom Schiff fort war, wirklich vermisst hatte?
„Wer will das ergründen?" ging es Arno Breslauer durch den Kopf. Er merkte, dass er nicht wahrhaben wollte, dass seine Mutter seinen Vater vielleicht wirklich geliebt hatte.

Nun blieb Arno also auf dem Schiff, ohne in die Schule zu gehen. Mit den Jahren kam ihm die Kajüte immer kleiner und enger vor. Was wohl etwas mit seinem Größerwerden zu tun hatte. Das einst von seinem Vater schnell zusammengezimmerte Kinderbett reichte schließlich für ihn nicht mehr aus. Er hatte schon eine gewisse Zeit nur mit angezogenen Beinen darin schlafen können. Nach einigem Hin und Her entschloss sich der Vater, die Bettbegrenzung zu entfernen, was dem Jungen mehr Beinfreiheit erlaubte.

Die Eltern fuhren aus finanziellen Gründen mal wieder ohne Bootsmann, so dass der Junge fast immer mithelfen musste. Eigentlich war die Mutter als „Bootsmann" im Schifferdienstbuch eingetragen. Doch ihre „Seltsamkeit" verstärkte sich zusehends mehr. Sie verweigerte manchmal ganz unerwartet die Arbeit. Beschimpfte mit schlimmen Worten ihren Mann und schlug ihn sogar. So dass der Sohn und spätere Vormund ihre Arbeit übernehmen musste, ohne dass ihm eigentlich dafür eine Wahl blieb. So unterstützte er die Mutter, die immer mehr in eine Welt der Erkrankung abglitt, was zu diesem Zeitpunkt noch keiner wusste und wahrhaben wollte, weil sie ja „nur seltsam" zu sein schien. „Das war sie ja eigentlich schon immer, wenn man mal ehrlich ist" dachten die Leute, die sie von früher her kannten und warfen sich vielsagende Blicke zu.

Die Zeiten, in denen sich Irma ihrem Sohn zuwandte, einfach aus Freude, dass er da war, wurden seltener.

„Ja, damals, da hatte sie sich wirklich gefreut", erinnerte sich Breslauer an eine Geschichte aus seiner Kindheit:

Mutter und Sohn hatten sich in der Kajüte aufgehalten. Es war dort häufig dämmerig. Tageslicht fiel nur durch wenige Bullaugen und ein mattes Oberlichtfenster ein. Der Junge tollte im Zimmer herum. Die Mutter saß und rollte Garn auf. Er half ihr dabei ein wenig, indem er die Wolle mit seinen Unterarmen spannte. Dazwischen aber war er nur mit Herumspringen und Tanzen beschäftigt. Aus Lebensfreude oder einfach aus Bewegungsdrang. Sicher aus beidem.

„Den hatte ich also auch mal", dachte der Pastor und resümierte über seine spätere Unsportlichkeit. Die ihm oft peinliche Situationen in seiner Schulzeit beschert hatte.

Eine dicke schwarze Bibel lag auf dem Tisch. Der Junge langte nach diesem heiligen Buch. Es war sein Taufgeschenk von der Schifferkirche auf der Veddel.

„Mama, was steht da?" Auf der ersten nicht bedruckten Seite hatte der Tauf-Pastor etwas mit schöner Schrift hineingeschrieben. Die Mutter

nahm ihm das Buch aus den Händen und las die
Worte vor, die da geschrieben standen.

> Denn uns ist ein Kind geboren, ein
> Sohn ist uns gegeben, und die Herr-
> schaft ist auf seiner Schulter; und er
> heißt Wunderbar, Rat, Kraft, Held,
> Ewig-Vater, Friedefürst; auf dass sei-
> ne Herrschaft groß werde und des
> Friedens kein Ende auf dem Stuhl
> Davids und in seinem Königreich,
> dass er's zurichte und stärke mit
> Gericht und Gerechtigkeit von nun
> an bis in Ewigkeit. Solches wird tun
> der Eifer des Herrn Zebaoth.

(Jesaja 9, 5+6; zitiert nach Martin Luther)

Seine Mutter hatte ihm diese biblische Verhei-
ßung schon häufiger vorgelesen, so dass er Teile
davon auswendig wusste. Das Bemerkenswerte
daran aber war, dass er glaubte, dieser Bibeltext,
galt ihm, denn von Jesus wusste er noch gar
nichts. Danach war er, der kleine Arno Breslauer,
das wunderbare Kind, der Sohn, von dem dort die
Rede war. Ein kraftvoller Held und Fürst des Frie-
dens, der einmal sehr gerecht zu allen Menschen
sein würde. Das wurde feierlich von seiner Mutter
vorgetragen. Der Junge hatte einen Moment das

Gefühl, dass er wirklich etwas ganz Besonderes war.

Hätte sie hier nicht für Aufklärung sorgen müssen? Das tat sie wohl nicht. Jedenfalls hatte er davon nichts in seiner Erinnerung parat. Bei ihm klang nur die Freude über diesen Zuspruch noch viele Jahre nach.

In manchen Situationen seines späteren Lebens gefiel ihm die Rolle des Kämpfers für Gerechtigkeit und Frieden; eben für das Gute in allen Facetten. Aber Breslauer wusste um die Tragik, die darin augenscheinlich wurde, dass ihn objektiv gesehen nicht allzu viel von den Eigenschaften eines solchen Helden auszeichnete. Doch er fand es eine angenehme Vorstellung, wenn ihm diese Kraft zugetraut wurde.

Der spätere Pastor Breslauer betonte gern bei Taufen, dass der Täufling nach dem vollzogenen Ritual etwas ganz Besonderes war. Dass ihn Gott angenommen hatte, und er nun unter seinem Schutz stand. Und dadurch kraftvoll und mächtig war, weil er Gott als Herrn des Lebens auf seiner Seite hatte.

„Darüber konnte man sich doch wirklich freuen." Dachte Breslauer, der auf diesen Moment der nicht ganz richtig verstandenen Erwählung nachdenklich und ein bisschen schmunzelnd zurückblickte.

Musikalisch gehörte zu diesem Zeremoniell natürlich noch eine Art Beschwörungstanz. So hopste
also der kleine Arno in der Kajüte herum; nahm
einen leeren Topf und schlug mit einem Kochlöffel
einen Takt. Was sich wirklich ein bisschen fremd-
artig anhörte. Immer wieder schritt er auf seine,
noch auf dem Stuhl sitzende Mutter zu und voll-
führte schließlich mit ihr ein gemeinsames tänze-
risches Ritual. Bei dem man in die Hocke ging, sich
wieder erhob und streckte, ein bisschen mit dem
Po wackelte und dann wieder damit von vorn begann. Dabei vereinigten sich die scheppernden
Klänge des malträtierten Kochtopfes und das
gleichmäßige Getucker des Schiffsmotors zu einem modernen Freudentanz.

Dann kam die Zeit, wo es für die Familie Breslauer
hektischer wurde. Der Schiffer wollte einfach nur
Geld verdienen. Deshalb durfte er bei der Ladung
nicht wählerisch sein. Das Geld wurde gebraucht,
um die Schulden zu bezahlen, die wegen des Umbaus bei den Banken gemacht worden waren.
Man fuhr die Strecken Hamburg – Berlin und um-
gekehrt. Oder Duisburg-Ruhrort – Berlin und an-
dersherum. Auch mal nach Rotterdam oder Lüt-
tich. Aber das war dann schon etwas Besonderes.

Wenn man in Berlin war, besuchte man gern Vaters Verwandten. Seine beiden Schwestern lebten dort. Eine hatte es zu etwas gebracht. Die andere lebte in unsicheren Verhältnissen. Ihr Mann war häufig arbeitslos. Auch die erwachsenen Söhne schmissen bald die Arbeit, wenn ihnen irgendwas nicht passte. In der Familie erzählte man sich, dass ihre Fäuste locker saßen. Diese Leute hatten zu viel mit sich selbst zu tun, als dass sie sich für Arnos Vater und seine Frau, geschweige denn für Arno selbst interessierten. Aber es gab noch Tante Sieglinde, die besser gestellte Schwester. Von der musste sich Wilhelm Breslauer manche Vorwürfe anhören; besonders über seine Frau Irma zog diese Vorzeigeschwester her. Sie bemängelte die Haushaltsführung der Schwägerin und hielt mit ihrer Meinung nicht zurück, dass sie Irma nicht patent genug für die Schifffahrt fand. Nach ihrer Meinung war sie eben alles andere, als die Frau, die ihr zurückhaltender Bruder brauchte.

„Ja, so ist es nun mal. Irmi ist nicht für die Schifffahrt geschaffen. Sie ist ein Stadtmensch und möchte viel erleben. Mit ihr habe ich abgewirtschaftet", sagte Willi. Seine Schwester ergänzte seine Selbstbemitleidung dahingehend, dass sie sagte: „Du hättest dir eine Frau von der Schifffahrt holen sollen. Eine, die mit ihrem Mann vorankommen will und nicht dauernd Romane liest, herumtanzt und Radio hört." Hier zeigte sich aber

166

bei ihr ein Widerspruch. Gerade sie, die bei ihrer Schwägerin das Radiohören bemängelte, besaß mit ihrem Mann ein größeres Radiogeschäft in Berlin. Aber bei der Ehefrau ihres Bruders legte sie einen anderen Maßstab an. Irma sollte erstmal lernen zu malochen, damit Bruder Willi etwas erreichen konnte und für die Geschäftsfrau standesgemäß war. Aber sie hatte doch ihre Zweifel daran, ob das überhaupt klappen würde.

Es war nämlich mit der Zeit in diesem Schiffshaushalt wirklich viel heruntergekommen. Was immer wieder Anlass für heftigen Streit zwischen Arnos Eltern war. Aber vielleicht kam es auch deshalb dazu, weil in Willi sich immer wieder die Stimme seiner Schwester zu Wort meldete, die nach dem Tod der Großmutter so eine Art Familienoberhaupt war. Der Schiffer liebte Irmi, aber er wollte mit ihr nicht zugrunde gehen. Das war wohl die Ursache für die Heftigkeit seiner Wutausbrüche, die sich dann auf böse Weise in Anbrüllen, Drohungen und Prügel Raum verschafften. Was der kleine Vormund nur lapidar Streit nannte.

Dann kam für Arno das letzte große Ereignis, was er auf dem Schiff erlebte oder vielmehr erleben musste: Er wurde vom Jugendamt abgeholt. Es war diesem konkreten Eingreifen der Behörde ein längerer Schriftverkehr mit seinem Vater vorausgegangen, von dem er als Kind nichts mitbekommen hatte. Solche Dinge machte der patriarchalisch eingestellte Schiffer mit sich allein ab. In der Akte, die der Pastor und Vormund als Erinnerungshilfe hervorgeholt hatte, lag ein Briefumschlag, der da eigentlich nicht reingehörte. Er enthielt einige vergilbte Briefe der Behörde und Wilhelm Breslauers. Der bat immer wieder um Aufschub der angeordneten Beschulung seines Sohnes. Als Gründe führte er das häufige Unterwegssein und die psychische Erkrankung seiner Frau an, die sehr an ihren Sohn hängen würde. Seitens der Behörde zeigte man sich längere Zeit entgegenkommend. Gewährte Aufschübe, die verstrichen. Setzte neue Termine, die nicht eingehalten wurden. Forderte immer wieder erneut die Eltern auf, ihren Sohn in die Schule zu schicken. Nichts fruchtete. Monate verstrichen und sogar Jahre. In den Nebensätzen der amtlichen Schreiben wurde immer wieder vor der letzten Konsequenz gewarnt: der Wegnahme des Jungen aus der Familie.

„Die bei der Jugendbehörde hatten wirklich eine Engelsgeduld mit meinen Eltern", stellte Breslauer fest. „Das grenzte ja schon an Trotteligkeit", brodelte es in ihm.

Eines Tages an einem schönen sonnigen Vormittag stand dann doch plötzlich der Mann vom Jugendamt vor der Kajütentür. Eine sehr verspätete, kaum noch zuzuordnende Exekutivhandlung des

Staates nach sieben Jahren.

Arno war mit seiner Mutter allein. Der Vater und Schiffer war, wie so oft, nicht anwesend. Er wollte nach Ruhrort zur Reederei. War wohl dort in irgendeiner Kneipe versackt, allein oder mit Kollegen. Frau und Kind waren dann für ihn nicht mehr wichtig. Waren für Stunden oder sogar Tage vergessen. Der Fürsorger, der das Herausnehmen von Arno aus der Familie vollziehen sollte, stand nun der Mutter gegenüber. Auf dem Kai parkte sein Motorroller. Arno wurde aufgefordert, sich auf den Sozius zu setzen. Dann fuhr man los. Die Mutter schrie und weinte. Rannte ein Stück hinterher; war ohne Einsicht und hatte Angst. Der Abholer war mit dem Jungen davongefahren. Das Band zu den Eltern war seitdem zerrissen. Jetzt war der spätere Vormund frei. Dieser immer gebrauchte, gebundene, festgehaltene Junge. Frei, aber ohne den Schutz der Welt und der Sicherheit, die er kannte. Frei für Neues: die Schule, das Lernen, das Wissen, mit dem man auf eigenen Beinen stehen konnte.

Arno Breslauer hörte einige Jahre gar nichts mehr von seinen Eltern. Kein Brief, kein Anruf oder Telegramm. Nicht mal ein Gruß durch andere überbracht, kam von Mutter und Vater. „Dieses totale Getrenntsein von den Eltern war schlimm. Es war noch lange Zeit wie eine Wunde, die nur oberflächlich vernarbt war", dachte der Vormund.

Er versuchte sich vorzustellen, warum seine Mutter vier Jahre lang kein Lebenszeichen von sich dem Sohn zukommen ließ. Versuchte sich in sie hineinzuversetzen. Das hatte er schon oft getan. Aber es brachte keine Linderung. Es blieb ein ewiger Durst, bei dem es nichts gab, ihn zu löschen.

Auf Gemälden von Hieronymus Bosch sieht man Menschen, die sich mit einem Dolch im Bauch oder in der Kehle immer und ewig quälen, ohne die Ursache ihres Schmerzes herausziehen zu können. Es blieb ewige Tortur ohne erlösende Begrenzung. Eine Qual, die zu ihrem Selbst geworden war. Warum hatten die Eltern nicht geschrieben, dass sie ihren Sohn vermissten? Hat sich Breslauer immer wieder gefragt. Seiner Mutter müsste er sicher in der ersten Zeit sehr gefehlt haben. Er war ja ihr ständiger Begleiter gewesen, auch in Situationen, in denen es für sie schwierig war. Nachdem er nicht mehr auf dem Schiff lebte, war sie allein, wenn ihr Mann wieder einmal in den Kneipen saß. Das hatte ihr alles nicht gutgetan. Seine Mutter war passiv geworden und verstummt. Breslauer stellte sich vor, wie sie immer weiter in ihre krankhafte Vorstellungswelt hineinglitt. Nicht mit einem Mal. In Intervallen, mit Momenten, wo sich die geistigen Nebel auch lichten konnten. Fast Klarheit zurückkehrte. Aber dann gab der fest zu seiende Boden plötzlich wieder nach, und es ging tiefer nach unten als vorher. In eine Welt hinein, in der sie Stimmen hörte, die sagten: „Ist dein Sohn nicht einer von uns? Hast du etwa gedacht, du hast einen wirklichen Sohn? Er sieht aus, als wäre er deiner. In Wirklichkeit aber ist er einer von uns." Und wenn sie in ihrem Wahn zu fragen wagte: "Wer seid ihr?" Dann antworteten sie: „Wir", ha, ha, ha „wir haben viele Namen. Wir sind die Russen, wir sind die Amerikaner, wir sind die Mächte der Atomkugel. Wir beherrschen dich. Wir quälen dich. Solange, bis du das tust, was wir wollen. Also schreib ihm lieber nicht, deinen angeblichen Sohn. Er ist wieder bei uns."

So tat sie denn das, was sie sollte, weil sie Angst vor diesen Mächten hatte. Aber da war ja noch sein Schiffer-Vater. Was war mit dem? Warum hatte der ihm nicht geschrieben in all den Jahren, als er im Heim war? Der konnte ja gerademal kricklige Buchstaben schreiben, entschuldigte sich dauernd damit, dass er nur ein Jahr die Schule besucht hatte. Außerdem hatte er ja immer andere Dinge zu tun, die ihm wichtiger waren als sein Kind. „Meinen Vater kann man vergessen", war bei solchen Überlegungen fast immer Breslauers Schlussfolgerung. Aber diese Erkenntnis tat ihm auch nach all den Jahren immer noch weh.

Seine Mutter hatte sicher aus dem oben beschriebenen schizophrenen Wahn heraus so gehandelt oder besser gesagt, nicht gehandelt. „Ich bin nun für sie ein anderer als ich einmal war." Schrieb der Vormund mit Filzstift und schwarzen Buchstaben auf einen seiner vielen Notizzettel, die auf seinem Schreibtisch lagen. Er erschrak vor dieser Vorstellung, dass seine Mutter annahm, es könnte jemand als Sohn Arno getarnt mit ihren Gefühlen Mummenschanz treiben. Wenn sie das glaubte, dann erklärte das manches von dem, wie sie sich jetzt in Eichenhausen verhielt: Verschlossen und stumm dem einstigen Kind und jetzigen Vormund gegenüber. „Bloß nicht zeigen, was man von früher weiß. Sonst werden die durch Psychopharmaka gebundenen Dämonen wieder frei."

Irma Breslauer fuhr mit ihrem Mann weiter auf Flüssen und Kanälen. Manchmal wurden ihre Stimmen eindringlicher und fordernder. Dann ging Willi mit ihr zum Arzt. Wenn sie milder mit ihr umgingen, konnte sie beim An- und Ablegen helfen. Oder die Eheleute deckten zusammen die Ladeluken auf. Doch Ladung für das heruntergekommene Schiff war immer schwieriger zu bekommen. Die Alkoholprobleme des alten Schiffers hatten sich herumgesprochen. Man bot ihm nur noch Frachtgut an, auf das es nicht so sehr ankam, wie Steine und Kies. Allerdings zahlte man ihm für die

Beförderung auch weniger. Mit der Zeit gerieten die Rückzahlungsraten für die Darlehen bei den Banken immer häufiger ins Stocken. Beim Finanzamt hatten sich ebenfalls stattliche Summen an Steuerschulden angesammelt. Die Mahnungen wurden zahlreicher. Der Schiffer legte alle lästige Post auf einen Stapel, der stetig an Höhe gewann wie seine Schuldenlast. „Kommt Zeit, kommt Rat", redete er sich ein. Aber wo dieser Rat herkommen sollte, wusste er nicht. Von den Freunden vielleicht. Doch die Bekannten, die früher gern bei seinen Zechtouren dabei waren, brachen schnell wieder auf, wenn er ihnen von seinen finanziellen Schwierigkeiten erzählte. In solchen Momenten ließ er seine Frau oft allein und suchte im Alkohol Vergessen. Was in Zukunft für Irma immer mehr zum Problem werden sollte. Wenn Willi an Bord war und mitbekam, dass sie weglaufen wollte, konnte er versuchen, sie aufzuhalten. Dann bestand jedenfalls eine Chance, dass sie sich von ihrem Mann überreden ließ, auf dem Schiff zu bleiben. Doch das hatte auch seinen Preis: Alle, bis eben noch vorhandene Aktivität, die bei ihr mit dem Landgang verbunden war, sie beseelte und belebte, war dann auf einmal verpufft, wie ein geplatzter, zu stark aufgeblasener Luftballon: jegliche Lebenskraft war von ihr gewichen. Zurück blieben Depression und Resignation.

Sie warf sich dann aufs Bett, vergrub ihr Gesicht in den Kissen und weinte längere Zeit nur vor sich hin. Wenn es Willi mit seiner unzufriedenen Frau nicht mehr aushielt, ging er mit ihr zum Neurologen. Aber auch diese Leute rätselten bei der Diagnose nur herum. Oder bestätigten, was er allmählich auch schon wusste, dass mit ihrer Nerven-Psyche etwas nicht stimmte.

Dann geschah wieder ein größerer Einschnitt; diesmal allerdings ohne das Kind. Es befand sich ja nun einige hundert Kilometer nördlich in einem Jugendheim und bereitete sich auf ein anderes Leben vor. Der Einschnitt kam dadurch zustande, dass der alte Binnenschiffer alles so herunter gewirtschaftet hatte, dass er vor dem Bankrott und den Trümmern seiner Existenz stand.

Aber es schien noch nicht alles verloren. Sein älteste Sohn Alfred wollte diese schmachvolle Entwicklung von seinem Vater abwenden, indem er das Motorschiff Arno mit der ganzen Schuldenlast übernahm. Im Gegensatz zu seinem alten Vater, der von keiner Bank mehr für kreditwürdig gehalten wurde, bekam er eine größere Summe zugestanden. Damit bezahlte er alle Schulden seines Vaters und steckte den Rest der Kreditsumme in den Umbau des alten Schiffes, das nun ihm gehörte. Er bürgte sogar für seinen Vater, so dass sich dieser nochmal einen kleinen Kahn kaufen konnte.

Willi und Irma Breslauer lebten nun einige Zeit auf diesem Schuten ähnlichen, früheren Neckarschiff. Sie fuhren einige Touren sogar mit Fracht, was bei diesem alten verbrauchten Motor mit geringer PS-Leistung fast an ein Wunder grenzte. Doch ganz plötzlich war es dann aus. Während einer Fahrt streikte die Maschine. Das Schiff wurde zu einer Werft geschleppt. „Nichts mehr zu machen", sagte man dort. „Das alte Ding ist hinüber. Wie konnten Sie überhaupt damit noch so lange fahren?" Der alte Schiffer musste sich nun auch noch Blöße geben. „Man hat mich mit diesem Kahn ganz schön übers Ohr gehauen", wurde es ihm bewusst. Er hatte kaum noch Geld. Das Schiff wurde nach Datteln geschleppt. Dort wollte man weitersehen. Aber es war Schluss. Jedenfalls mit dem Schiff als Mittel zum Geldverdienen. Der Kahn diente nur noch als Wohnschiff.

Arnos Mutter hatte nun häufiger ihre Anwandlungen der Seltsamkeit. Eines Tages lief sie von Bord und kam nicht wieder. Ihr Mann wartete ab. Erstaunlich, wieviel Ruhe er noch immer aufbrachte. Allerdings war es wohl mehr Lethargie, weil er einfach nicht mehr weiterwusste. „Vater hatte sich darauf versteift, dass es schon gut ausgeht, mit seiner Frau, ihm und allem. Er setzte oft alles auf eine Karte und scheiterte eigentlich immer damit, ohne daraus Konsequenzen zu ziehen", ging es

Breslauer durch den Kopf. Der dachte in dieser Nacht darüber nach, woran das wohl gelegen haben mochte. War sein Vater zu gutgläubig, zu naiv? Konnte er die Pläne, die er hatte, nicht mit der notwendigen Realität verknüpfen?

Als seine Frau nach drei Tagen immer noch nicht zurückgekommen war, gab er eine Vermisstenanzeige auf. Schließlich fand man die Gesuchte an der Böschung des Kanals. Wie eine Tote lag sie zwischen Gräsern und Sträuchern. Im Krankenhaus ging man von einem psychotischen Schub aus. Der Ehemann wurde verständigt. Obwohl erleichtert, dass man sie gefunden hatte, schimpfte er und machte Vorwürfe. Die Ärzte entschieden sich für eine vorübergehende Einweisung in eine Fachklinik.

So kam sie zum ersten Mal in ein Landeskrankenhaus. Irma konnte nach einigen überstandenen Episoden der Erkrankung noch einige Male zu ihrem Mann auf das Schiff zurückkehren. Doch jetzt hatte der Binnenschiffer begriffen, dass er mit seiner Frau, in ihrem unberechenbaren psychischen Zustand, wohl nie mehr mit einem Schiff in Fahrt kommen würde. „Das muss ihm sehr weh getan haben", dachte der Sohn. „Die Fahrerei auf dem Wasser war ja das Fundament, auf dem sein ganzes Leben gestanden hatte."

Er suchte sich also andere Arbeit. Noch auf seine alten Tage. Beim Straßenbau brauchten sie Arbeitskräfte. Früher konnte er gut zupacken, ohne dass es ihm groß was ausmachte. Nun aber war er verbraucht. Der Körper machte nicht mehr mit. Die anderen Arbeiter mussten mehr auf den „alten Kerl" aufpassen und Rücksicht nehmen, als sie gewohnt waren. Doch er tat ihnen leid. Sie hatten von seinem Malheur mit dem Schiffsmotor gehört und von seiner kranken Frau, für die er noch sorgen musste. Die jüngeren Männer schauten betreten auf diesen Alten, dem sie anmerkten, dass er mitzuhalten versuchte und es nicht mehr hinbekam. Manche machten seine Arbeit mit, ohne ihn das merken zu lassen. Aber es war nicht zu verbergen, dass Wilhelm Breslauer nicht mehr konnte.

Ungefähr aus dieser Zeit entdeckte Arno im Karton eine Fotografie seiner Mutter, die der Pastor in dieser letzten Nacht seines Notdienstes noch lange betrachtete: Sie stand vor dem Steuerhaus des stillgelegten Kahns. Auf ihrem Kopf saß eine Baskenmütze und über ihrer Kleidung trug sie eine damals übliche Kittelschürze. Ihr Gesicht wirkte herb und maskulin. Sie lächelte zwar aber in ihren Augen schien etwas Unheimliches zu glühen. Was auf den Betrachter, der um ihre Erkrankung wusste, beängstigend wirkte. Diese Augen schienen auf eine durch die Krankheitsphantasien entstellte Welt zu blicken und die Mutter dadurch nicht mehr ganz an der Realität teilhaben zu lassen.

Ihr Mann Willi konnte seine Schulden, trotz aller körperlichen Überforderung und Anstrengung nicht bezahlen. Deshalb wurde zu guter Letzt der für die beiden Breslauers nur noch als schwimmende Unterkunft dienende Kahn von der Gläubigerbank versteigert. Der frühere Schiffer wurde in ein Altenheim eingewiesen. Seine Frau konnte aber in ihrem labilen Zustand ihren Mann dorthin nicht begleiten. Sie wurde deshalb auf unbegrenzte Zeit in ein Landeskrankenhaus eingewiesen.

Dem Vormund und Sohn tat es beim Grübeln gut, dass er den Fortgang dieser Geschichte schon kannte. Das war ja auch bei manchen Büchern und Filmen so, dass man mit der Anspannung besser zurechtkam, wenn man den Schluss schon kannte.

Sein Vater war nicht nur mit seinem Beruf gescheitert, sondern eigentlich mit seinem ganzen Leben. Was seine erwartungsvollen Augen als junger Mann auf dem Foto ausgedrückt hatten, war ihm unter den Händen zerronnen.

Das Ende kam schnell. Innerhalb weniger Monate erkrankte Wilhelm Breslauer. Hatte Krebs. Wohl schon im fortgeschrittenen Stadium. Zu spät für eine Therapie. Er starb in einem Saal mit vielen

Kranken in einem größeren Stadtkrankenhaus. Arno dachte an den letzten Besuch wie an einen Filmausschnitt zurück. Da standen die Betten alle in Reih und Glied. Trotzdem wirkten sie auf den 20-Jährigen wie ein chaotisches Meer. „Wo war Vater?" Er musste ihn suchen. Ließ seine Augen über das weiße Gewoge schweifen. Da saß er in seinem Bett, wie in einem Boot. Ein durch Urin und Schweiß beige gewordenes Klinikhemd bedeckte nur den oberen Teil seines Leibes. Ein Schlauch war zu sehen, aus dem eine gelbliche Flüssigkeit in einen Beutel tropfte. Sein Vater streckte die Arme in die Luft. Ein Grüßender? Nein, ein Ertrinkender, bevor er im Wasser ganz verschwand. Der ältere Bruder ließ den jüngeren gehen. Dem war kein Zuspruch, kein Wort des Trostes für den Vater eingefallen. Er hatte nur die kleine schwielige Hand dieses Alten, dem er sein Leben verdankte, fest gehalten. Wie etwas, das er nicht verlieren wollte und doch nie gehabt hatte.

Als Arno das Krankenhaus verließ, bemerkte er die überdimensionale Steinfigur über dem Eingang. Sie breitete die Arme aus über alle, die hier waren. Unter diesen segnenden Armen lagen die Menschen in den Sälen, mit allem, was sie an Leid, Krankheit und Angst aushielten. Unter diesen Armen lag auch sein Vater, der große Scheiterer.

Die Reise nach Eichenhausen

Am Morgen sprach der Pastor telefonisch mit seinem Vorgesetzten. Schilderte dem Propst kurz und dramatisch die Situation mit seiner Mutter. Um mit der ziemlich bestimmt geäußerten Bitte den Satz zu beenden, dass er dort auf jeden Fall morgen noch hinfahren müsste. Sollte er so kurzfristig keinen Urlaub bekommen, wäre er bereit, sich auch unbezahlt für wenige Tage vom Dienst freistellen zu lassen. Mit seinem Kollegen würde er die Angelegenheit schon regeln. Das wäre sicher ganz unproblematisch. „Meinen Sie?", kam es ungläubig vom anderen Ende der Leitung. Bei diesem vorsichtigen Zweifel ließ es der höhere Kirchenmann aber bewenden.

Es gab, wie vorausgesehen, mit dem Kollegen keine Probleme. Der sagte, dass er es auch so machen würde, wenn er eine Mutter in solcher Einrichtung hätte. Dann aber relativierte er diese zuerst ziemlich klare Aussage dahingehend, dass ein paar Tage blau machen nach so einem unnützen Notdienst ja auch nicht zu verachten wären. „Da tut es dir sicher richtig gut, einmal konkret gebraucht zu werden, wenn auch nur im engsten Familienkreis bei der Mutter." Breslauer nahm die kleine Spitze seines Amtsbruders einfach mal so hin, obwohl der es immer wieder verstand, ihn mit seinen halbironischen Bemerkungen zu verunsichern.

Am nächsten Morgen nahm er den Zug nach Köln. In Münster stieg er nach L. um. Am frühen Nachmittag kam er dort an. Eine westfälische Kreisstadt mit mittelalterlichem Flair. Neben dem tristen Bahnhof lag gleich der ZOB. Der Linienbus nach Eichenhausen fuhr nur jede Stunde. Breslauer hatte Glück, dass er nicht lange warten musste. Kein Dorf und keine Siedlung wurden bei der Fahrt ausgelassen. Nur wenige Leute stiegen aus und ein. „Die Strecke lohnt sich nicht", stellte Breslauer fest. „Der Ort liegt eben abseits. Da, wo keiner mehr hinkommt, da bringt man die psychisch Kranken unter", meldete sich bei ihm ein häufig zu hörender Allgemeinplatz-Satz.

Dorf-Mitte hieß die Haltestelle. Hier stieg er aus. Die nächste wäre zwar erst Landeskrankenhaus gewesen. Das war dann aber schon die Endstation. Der Bus würde dort wenden und nach L. zurückfahren. Natürlich hätte er Zeit gespart, wenn er gleich bis zur Endhaltestelle gefahren wäre. Aber er wollte sich erst mal in Ruhe eine Unterkunft suchen, damit er einen Ort hatte, an dem er psychisch verschnaufen konnte. So war er nun mal beschaffen, dass er bei sich Stress minimalisieren musste, um funktionsfähig zu bleiben. „Da würde ja auch Mutter was davon haben", entschuldigte er sich vor sich selbst. „Und auch zu Hause Frieda und der Sohn." Aber so richtig glaubte er nicht an die Überzeugungskraft seiner Gründe. Doch wen wollte er eigentlich überzeugen? Nur sich selbst? Ein unnötiger Aufwand! Nein, die anderen wollte er überzeugen. All diejenigen, von denen er meinte, dass sie ihn seltsam fänden. Nicht nur in dieser Angelegenheit, sondern verdächtig in seinem ganzen Wesen.

Als seine Mutter vor Jahren nach Eichenhausen gekommen war, besaß der Ort noch eine eigene Bahnstation. Hier hielten die Züge, die nach Münster und darüber hinaus fuhren oder von dort kamen. In Eichenhausen konnte aus- und zugestiegen werden. Jetzt aber lag das Bahnhofsgebäude aus der Kaiserzeit verlassen da. Es schien sich dafür wohl bisher noch keine neue Verwendung gefunden zu haben. Die Züge trauerten der Vergangenheit nicht nach. Sie genossen eher die schnellere Strecke. Breslauer hatte schon auf seiner Zugfahrt vom Fenster aus das ihm von früher bekannte Gebäude gesehen. Jetzt, wo er in Dorf-Mitte aus dem Bus gestiegen war, machte er sich nicht mehr die Mühe dort hinzugehen.

Eichenhausen war mit den Jahren gewachsen. Familien, die nicht in der Stadt leben wollten, hatten sich hier niedergelassen. Viele Einzelhäuser mit Gärten und Spielgeräten erweckten Breslauers Interesse. Sie bildeten Ausgangs-und Zielpunkte für die ebenfalls zahlreicheren Fahrzeuge auf der Landstraße.

Früher bestand der Ort nur aus wenigen, um die Anstalt gruppierten Häusern. Allerdings gab es schon zwei Gaststätten. Bei seinem ersten Besuch damals, als er sehen wollte, wie es seiner Mutter nach ihrer Ankunft ergangen war, suchte er ebenfalls nach einer Bleibe. Hatte sich nicht über die Möglichkeiten vorher informiert.Geschweige denn schriftlich oder telefonisch ein Zimmer vorbestellt. Das hatte er jetzt auch nicht getan. Gar nicht daran gedacht. In solchen Fällen ließ er es darauf ankommen. Dieses Verhaltensmuster hatte der Vormund, der damals noch Student war, wohl von seinem Schiffer-Vater.

Überhaupt kam nur einer der beiden Gasthöfe zum Übernachten in Frage. Der andere sagte dem Vormund auch schon damals nicht zu, weil er stark von der Dorfjugend frequentiert wurde. Jetzt schien die Gaststätte auch mehr eine Art Treffpunkt zu sein. Einige junge Leute hielten sich zum Rauchen und Trinken vor dem Eingang auf. Ein zu Diskoklängen rotierendes Rotlicht verwies an diesem düsteren Novembernachmittag für Breslauer zu eindeutig auf die jetzige Funktion. „Zimmer frei" stand auf einem Pappschild in der Fensternische. Abgeschreckt wandte er sich entschlossen dem einige hundert Meter entfernten soliden Restaurant der Familie Brecht zu. Dort hatte er schon ein paarmal übernachtet. Die Einrichtung der Gaststube war von rustikaler Solidität. Was dem Vormund gut tat. Er kam mit den Jahren häufiger zu der Erkenntnis, dass er Sauberkeit und eine gewisse bürgerliche Ordnung für sein Wohlbefinden brauchte.

Zum Gasthof Brecht gehörten damals eine Pension und Kohlenhandlung. Der Student hatte schwer an seinem alten Koffer getragen. Der stammte noch vom Schiff und hatte dort während seiner Kindheit in einer Abseite zwischen Kajüte und Schiffsaußenwand sehnsuchtsvoll auf eine Urlaubsreise gewartet. Er hätte sich sicher riesig gefreut, beim Trip Mutter Irmas mit ihrem kleinen Jungen nach Hamburg mit dabei gewesen zu sein. Doch die beiden brauchten ihre freien Hände für den sicheren Halt an der Sprossenleiter im Hafen von Walsum, um dem betrunkenen Ehemann und Vater zu entkommen. Die Mutter hatte ihrem Schiffer-Mann eine Menge Bargeld entwendet und war dann schnurstracks mit ihrem Kind ausgebüxt. Diese Zugfahrt nach Hamburg war die erste, die der kleine Vormund in seinem bis dahin zug- und reiselosen Leben gemacht hatte. Man sollte doch meinen, dass sie großen Eindruck auf den Fünfjährigen hinterlassen hätte. Das war aber seltsamerweise nicht der Fall. Nun als gestandener Erwachsener wusste der Vormund gar nichts mehr davon. Er wollte auch als Kind kein Lokomotivführer werden, sondern eher ein Astronom, denn er liebte den nächtlichen Sternenhimmel.

Nachdem er beim ersten Besuch am Bahnhof Eichenhausen ausgestiegen war, musste er seinen schweren Koffer absetzen, um zu verschnaufen. Er sah in einen dunklen Himmel mit hellen Stellen hinein, die wie heimelige Fenster Licht in die trost- und freudlose Szenerie seiner damaligen Ankunft brachten. Es herrschte eine unheimliche Stimmung. Breslauer brachte das mit dem Besuch bei der lange nicht gesehenen Mutter in Verbindung. Und mit seinen unklaren Gefühlen in Bezug auf diese Situation, die zwischen unsicherer Erwartung und Angst vor dieser Begegnung schwankten.

Einige Jahre später wurde der Pastor und Vormund durch einen Ingmar-Bergman-Film an seine damalige Gefühlslage erinnert. Beim Nachsinnen fiel ihm auch jetzt eine der letzten Szenen dieses Schwarz-Weiß-Streifens wieder ein. Er sah in seiner Phantasie im Hin und Her langsamer, fast stolpernder Tanzschritte die Gestalten, mit denen er dort im Film vertraut geworden war. Sie folgten bereitwillig dem übergroßen Gerippe. Verließen gelassen und akzeptierend, ohne sich noch mal umzublicken, ihre bekannte und vertraute Welt und folgten, fast erlöst dieser unbekannten Macht des Vergänglichen, die wir den Tod nennen. Sie hatten losgelassen und gehorchten damit einem Naturgesetz. Sie gingen, das Unabänderliche annehmend, fast froh den Weg aus der Zeit, den jeder eines Tages gehen musste.

Da lag der Dorfkrug. Die Kohlenhandlung gab es nicht mehr. Man heizte nun mit Öl oder Gas. Obwohl es erst früher Nachmittag war, war es schon dämmerig. Dunkle Wolken dominierten am Himmel. Aber man sah, dass sie in Eile waren und sich bald verziehen würden. Die Nacht würde klarer werden.
Im Restaurant hielten sich keine Gäste auf. Die Wirtin stand beschäftigt hinter dem Tresen. Sie reinigte Gläser und wischte in kurzen Abständen mit dem Tuch über die Flächen des Spültisches. Breslauer hatte sie sofort erkannt. Damals war sie eine gut aussehende Rothaarige, die die Gäste und besonders die Herren vom Stammtisch mit charmantem Lächeln bediente. Nun hantierte eine ältere Frau an der Theke herum. „Ob sie Witwe ist?" fragte sich der Gast von früher. Der Wirt hatte

damals keinen größeren Eindruck hinterlassen. Er sah in seiner braunen Cordhose und grünen Jacke wie ein Landwirt aus. Aber das Gasthaus war voll. Breslauer war klar, dass die Gäste nicht wegen ihm kamen. Sie kamen wegen seiner Frau, die mit ihrem Lächeln, den roten Haaren und ihrem selbstbewussten Gang die feste Korsage der Herzen durchdrang.

War sie es überhaupt? Das waren ihre Augen. Ihre selbstbewusste anpackende Art, die den späteren Pastor schon damals beeindruckt hatte. So eine Frau hatte er sich immer gewünscht. Eine Gefährtin, die zupacken konnte und trotzdem Frau geblieben war. Ein Wesen, das sich von ihm, trotz ihres Realitätssinns und praktischer Lebenseinstellung, erreichen ließ. „Was hat sie an diesen unscheinbaren Mann mit dem preußischen Haarschnitt nur gefunden? Er war wohl eine gute Partie." Breslauer stoppte diesen Gedanken, der die Wirtin der Pension in ein schlechteres Licht rücken musste. Und legte den Fokus auf einen Aspekt, der ihm sympathischer erschien. „Vielleicht gehört das Haus ja ihr, und ihr Mann hat hier nur eingeheiratet." Dann hätte er die schlechteren Karten, weil er ein Leben führte, das nach Breslauers Meinung nicht zu ihm passte.

War es nicht einfach nur Neid und Missgunst gegenüber diesem Mann den der frühere Vormund und Theologiestudent nicht gemocht hatte, was ihn so denken ließ?

Ergraut war sie nun und eine Matrone. Breslauer war erschrocken. Bei seinen nicht zahlreichen Besuchen in Eichenhausen hatte er immer wieder gern in diesem Gasthof übernachtet. Abends bekam er bei einem Gläschen Wein und einem Schnitzel mit Pommes einen heilsamen Abstand zu seinen Treffen mit der Mutter.

Tapete und Einrichtung hatten sich nicht verändert. Aber sie gaben bei genauerem Hinsehen auch Zeugnis vom Lauf der Zeit. Der Vormund stellte seine Reisetasche in dem kleinen Zimmer vor dem Ehebett ab. Auspacken wollte er erst vor dem Schlafengehen. Er ging wieder hinunter in die Gaststube. Bestellte sich bei der Wirtin eine Tasse Kaffee und erkundigte sich nach dem Kuchenangebot. Sie hatten Apfelstreusel. Er wollte keine Schlagsahne. Jegliche Milchprodukte konnte er, zu seinem eigenen Bedauern, nicht vertragen.

An einem Vierertisch nahm er Platz. Trotz des bevorstehenden schweren Ganges war er mit sich im Reinen. Diesen Gemütszustand könnte man fast zufrieden und glücklich nennen. Ja, das konnte Breslauer auch in schwierigen Situationen sein. Es mochte damit zusammenhängen, dass ihn nichts

188

so sehr aus der Bahn warf, wie Forderungen, die von außen an ihn gestellt wurden. In diesen Minuten aber, wo er bei seinem Kännchen Kaffee saß und den Kuchen vor sich hatte, fühlte er sich frei und verspürte keinerlei Druck. Da war keine Frieda, die ihm zu verstehen gab, wie sie sich als Frau und Mutter das Leben vorstellte und Ihm Vorwürfe machte, dass er diesen Lebensplan immer wieder, durch seine Art zu leben, zum Einstürzen brachte. Da war auch kein kleiner Arnd, den er doch lieb hatte, der aber dauernd etwas wollte und kaum ein Durchatmen des Vaters zuließ. Das alles war in diesem Moment des stillen Genießens und Nachdenkens meilenweit von ihm entfernt.

So träumte er eine Weile vor sich hin. Dann holte ihn die Realität wieder ein. Ein Blick auf die Standuhr in der Gaststube belehrte ihn, dass es nun Zeit wurde für das eigentliche Vorhaben seiner kleinen Reise: den Besuch bei der Mutter. Es war schon vier. Er würde nicht viel Zeit für den Weg zum Landeskrankenhaus brauchen. So machte er sich auf, nachdem er bei der Wirtin bezahlt hatte. Fast wie ein mütterliches „Mach's gut!" empfand er ihr freundliches Lächeln.

Länger als anderthalb Stunden hatte er für den heutigen Besuch nicht vorgesehen. Darüber hinaus wäre die Zeit auch zu lang. Von seiner Mutter würden sicher nur wenige Impulse kommen. Er müsste ständig fragen und selbst erzählen. Aber wovon? Von sich und seiner Familie? „Das sagt sich so leicht." Dachte der Vormund. „Doch wenn kaum Interesse daran spürbar ist, wird auch persönliches Erzählen schnell zum einsilbigen Aufsagen und Monologisieren." Dann stand er auf der Straße. Rechts musste er gehen, bis zum Wäldchen. Danach über einen größeren Parkplatz. Dann wäre er schon auf dem Klinikgelände. Dort war alles mit Wegweisern ausgeschildert.

Das Areal war von einem kleinen Mischwald umschlossen. Eine Art Niemandsland, wildbelassen ohne Wege. Ein mehrgeschossiges Haus, hob sich von den zahlreicheren flacheren Gebäuden ab. Breslauer erinnerte, dass es die geschlossene Abteilung der Aufnahmestation beherbergte. Dort war seine Mutter im ersten Jahr nach ihrer Ankunft untergebracht. Dann fiel sein Blick auf das älteste Gebäude der ganzen Anlage. Ein schlossartiger Bau. Das frühere Kloster, in dem jetzt die Verwaltung untergebracht war. Ein überschaubarer Teich, auf dem sich einige Wasservögel, in der Mehrzahl Enten, tummelten, lockerte diese Parklandschaft ein wenig auf. An der Seite, etwas von

Hecken und Büschen versteckt, lagen Bewirtschaftungshöfe und Treibhäuser. Sie boten den männlichen Patienten zahlreiche Arbeitsmöglichkeiten. Ihnen gegenüber befand sich die Großküche mit ihren Nebengebäuden.

Vor seiner Abreise hatte sich der Vormund für seinen Besuch auf der Station angemeldet. Schwester Louise war am Telefon. Ihre Stimme klang positiv überrascht. „Da wird sich die Mutter aber freuen." Über diese Worte dachte der Vormund nun auf seinem Weg zur Station nach. War das mit der Freude nur so hingesagt? Oder kannte die Schwester seine Mutter besser als er und wusste, dass sie sich wirklich über seinen Besuch freute.

Dann stand er vor der Tür und läutete.
„Irmi, dein Sohn ist da. Ja, du hast richtig gehört", klang die Stimme der Schwester über den Flur. Als Mitbringsel hatte er eine Schachtel Zigaretten eingesteckt. Er wusste, dass die Mutter, wie viele andere hier, gern rauchte. An Blumen hatte er nicht gedacht. „Die haben sie hier auch in Massen aus der Gärtnerei", entschuldigte er sich vor seinem schlechten Gewissen.
Dann kam die Schwester, deren Stimme er auch schon an der Tür gehört hatte, mit der Mutter am Arm. Nach seinem Klingeln war sie gleich zu ihr gelaufen. Sie begrüßte den Pastor und Vormund

freundlich, fast herzlich wie einen Sohn, der länger nicht zu Hause aufgetaucht war. „Wie schön, dass Sie gekommen sind. Ihre Mutter hat schon den ganzen Tag gewartet. Sie freut sich ja so."

Undeutlich und leise sagte er etwas von: „zu spät weggekommen von zu Hause wegen des Kindes, das schon wieder Fieber hat." Und von: „beruflich stark Eingespannt sein gerade in dieser Jahreszeit".

Dann war die Mutter an seiner Seite. Die Schwester hatte sich diskret zurückgezogen. Nicht ohne zu sagen, dass der Vormund bloß keine Scheu haben sollte, sie zu rufen, wenn etwas wäre.

Er war nun mit seiner Mutter allein. So, wie er es als Kind fast ständig gewohnt war. Er hatte sie nur vorsichtig umarmt. Sich dazu mehr gezwungen als aus innerem Bedürfnis gehandelt. „Vielleicht möchte sie diese Körperberührung ja gar nicht", rechtfertigte er die eigene Unsicherheit. Oder war es Distanziertheit? Sicher erlebte sie es oft, dass andere die eigenen Gefühle auf sie, die Patientin, übertrugen. So wie man sich bei einer Puppe, deren Empfindungslosigkeit man nicht aushielt, Gefühle vorstellte.

Seine Mutter hatte ein dunkelblaues Kleid mit weißen Punkten an. Es war eines von den Kleidungsstücken, die Schwester Louise an seiner Stelle für Irmi gekauft hatte. Ihr Haar war kurz geschnitten und glatt gekämmt. Es hatte nur wenige graue Strähnen, obwohl die Frau schon auf die Siebzig zuging.

Sie hatte also auf ihn gewartet, den ganzen Tag. So sagte es wenigstens die Schwester. Man hatte ihr gesagt, dass er kommen würde. Sie wäre enttäuscht gewesen, wenn bei ihm etwas dazwischen gekommen wäre. Enttäuscht, wie ein kleines Kind, dass die Eltern versetzt hatten. „Werdet wie die Kinder." Dieser Satz aus der Bibel ist nicht in jedem Fall ein erstrebenswertes Ziel. Besonders nicht bei älteren Leuten, die ja bei kindlichen Verhaltensweisen von Demenz betroffen sein könnten. Für Breslauers Mutter war das kein gefürchteter Endzustand, sondern ein schon Jahre anhaltender Lebenszustand. Sie lebte in der Abhängigkeit wie ein Kind. Die Freiheit, die hier herrschte, war Freiheit in stark eingeschränkter Verantwortlichkeit; anders war für die Patientinnen ein Leben nicht möglich, ohne sich und andere zu gefährden. Mutter und Sohn gingen in das Besucherzimmer. In letzter Zeit war es zum Raucherzimmer geworden. Es bekamen nicht so viele Bewohnerinnen Besuch. Da erfüllte es als Ort, wo man „paffen" konnte, eine sinnvollere Aufgabe. Allerdings immer vor dem Hintergrund der Erkrankung, wo das Rauchen eine Art Medizin zur Beruhigung ohne Spritze und Psychopharmaka war.

"Gehst du immer noch in die Schälküche zum Arbeiten?

Fragte fast stereotyp der Vormund seine Mutter,
um ein Gespräch zu beginnen.

„Ja, immer noch",

kam die Antwort im gleichen Tonfall wie die Frage.

„Wenn nur keine so großen Pausen entstehen",
dachte der Vormund, dem es schwerfiel in der
Rolle des Sohnes zu bleiben.

„Die Schwester ist nett. Ist das die, die für dich die
Sachen zum Anziehen eingekauft hat?"

„Ja, Louise. Die ist nett. Sie hilft mir immer. Hat
mir erzählt, dass mein Sohn kommt. Ich hab' mich
gefreut."

Sie blickte starr in den Raum, als würde sie den
Fernseher fixieren. Der aber war nicht angeschal-
tet. Seine Mattscheibe diente nur als schlechter
Spiegel.

„Nun bin ich ja da",

antwortete der Vormund auf den letzten Satz seiner Mutter. Sie blickte ihn an. Schmunzelte ein
wenig. Oder war es ein Lächeln, das ihr Gesicht
leicht entspannte?

„Ja."

Dann beugte sie sich näher zu ihm heran, als hätte
sie etwas ganz Wichtiges auf dem Herzen:

„Hast du mir Zigaretten mitgebracht? Du weißt
doch: ich schmök' gern mal eine."

„Ja, Stuyvesant."

194

Er angelte das Päckchen aus seiner Jackentasche. Man durfte immer nur eine Schachtel mitbringen. Nun strahlte ihr Gesicht. Sie berührte seinen Arm. „Komm, lass uns eine schmöken. Schmökst du eine mit?

„Ja."

Sie riss die Packung auf. Drehte sie um und klopfte gekonnt auf der anderen Seite. Zwei Zigaretten kamen zum Vorschein. Sie bot ihrem Sohn davon eine an.

Dann wurde geraucht, gemeinsam und wortlos. Arno bemerkte, dass die Mutter wirklich paffte. Manchmal blies sie sogar Ringe in die Luft. Sie schien sich und die Welt für den Moment einer Zigarette zu vergessen.

Ihr Sohn war schon lange kein Raucher mehr. Früher hatte er mehrere Pfeifen besessen und ab und zu auch mal eine davon benutzt. Dann bevorzugte er eine Zeitlang dicke Zigarren - von Brecht und Heiner Müller inspiriert. Das aber tat seiner Gesundheit nicht gut. Außerdem wurde es ihm zusehends unangenehmer bei Sitzungen eine größere Havanna aus der Tasche seines Jacketts ans Licht zu befördern. Schließlich griff er nur noch zur Entspannung zu Hause immer mal wieder zu einem Zigarillo. Häufige Erkältungen und Asthmaanfälle ließen ihn dann endgültig mit dem Rauchen Schluss machen. Er hatte es nicht wieder angefangen.

195

Heute aber, wo er Gelegenheit hatte, mit seiner Mutter zusammen zu sitzen, machte er eine Ausnahme. Denn er hatte auf einmal Sehnsucht danach, mit dieser einzigen Vertrauten seiner Kindheitsjahre so viel Gemeinsamkeit wie möglich herzustellen. Auf der Zunge spürte er kleine Tabakpartikel. Nahm ein Papiertaschentuch und hielt es an die Lippen. Darin ließ er die im Mund störenden Nebenwirkungen des ungewohnten Rauchens verschwinden.

Die Zeit war doch ziemlich schnell vergangen. Bald müsste die Mutter zum Abendessen. Morgenvormittag würde er nach seiner Planung nochmal vorbeischauen. Für heute war es genug. Er hatte seine Mutter gesehen. Sich dieser spärlichen Kommunikation ausgesetzt. Sie war da und lebte. Was wollte er noch? Auch dieser Besuch machte ihn wieder traurig, wie schon früher. Seine Mutter war, als er Kind war, seine einzige Bezugsperson. Der Mensch, der ihn die Welt erklärte. Jetzt konnte er es nur schwer aushalten, dass sie das nicht mehr tat. Sie schien kaum noch Interesse an der Welt zu haben. Rauchen und Essen, das war für sie von dieser Welt übrig geblieben. Das Letztere hatte er heute an ihr nicht kennengelernt. Dazu wird sicher morgen Gelegenheit sein, wenn sie zum Kaffeetrinken in das Bistro gehen.

Mutter und Sohn näherten sich dem Ausgang. Schwester Louise winkte ihnen vom Tagesraum aus zu. Er verabschiedete sich von seiner Mutter und sprach vom Wiederkommen am nächsten Tag. Sie sagte zum Abschied nochmal das, was er sowieso mit ihr vorhatte: „Dann kannst du ja mit mir ins Café gehen. Wir trinken Kaffee, und ich esse ein großes Stück Nusstorte. Darauf freue ich mich."

Der Vormund-Sohn reichte seiner Mündel-Mutter die Hand. Schon im Gehen winkte er noch ein paar Mal zurück. „Bis morgen, Mama." „Bis morgen, mein Junge." Er zögerte nur ein paar Sekunden, dann verließ er mit schnellen Schritten die Station, darauf achtend, dass die Tür richtig ins Schloss fiel.

Am nächsten Tag verging die Zeit ebenfalls schnell. Der Besuch verlief ähnlich wie am Vortag: Warten der Mutter. Kommen des Sohnes. Kurze Fragen, noch kürzere Antworten. Gemeinsames Rauchen. Dann ein gemeinsamer Spaziergang über das Gelände. Einkehr im klinikeigenen Bistro. Seine Mutter trank eine Tasse Kaffee und aß mit sichtbarem Genuss ein Stück Nusstorte. Der Vormund schloss sich ihr an; es war ein Stück zelebrierter Gemeinsamkeit, die Breslauer bei diesem Besuch wichtig war. Dann gingen beide - die Mutter hakte sich bei Arno unter - langsam und schleppend zurück zur Station. Männer kamen von der Arbeit und begegneten den beiden. Die meisten grüßten freundlich. Einer rief: „Na, Irmi hast' Besuch?" Sie erwiderte: „Das ist mein Sohn aus Hamburg. Er ist Pastor." Die Gruppe war fast vorbei. Der Rufer drehte sich um. Lächelnd schaute er auf uns zurück. Der Vormund verstand: „Au, au." Mutter sagte: „Der ist nett. Er war auch beim Herbstfest dabei. Der grüßt immer so freundlich."

Das bisschen Reisegepäck hatte er im Raucherzimmer gelassen. Verabschiedung von Schwester Louise. „Kommen Sie gut heim. Ihre Mutter hat sich so über ihren Besuch gefreut." Sie schaute die Patientin an. „Das stimmt doch, Irmi. Das ist doch schön, dass dein Sohn gekommen ist?" Die Schwester ließ auch Frieda und den Kleinen grüßen. „Ihre Mutter hat immer das Hochzeitsbild von Ihnen auf ihrem Nachttisch." Breslauer lächelte. Händedruck. Nochmal ein kurzes Winken. Dann war die Schwester im Tagesraum verschwunden.
Arno Breslauer versuchte seine Mutter etwas unbeholfen zu umarmen. „Schreib und schicke Bilder", sagte sie. Das wolle er tun, sagte er. Dann winkte er wie gestern einige Male zurück. Er ging schnell durch die Tür und fuhr zusammen, als sie von allein hinter ihm zuknallte

Am Ausgang des Geländes brauchte er nicht lange auf den Linienbus nach L. zu warten. Dann fuhr er mit dem Zug in umgekehrter Richtung, wie er ge kommen war, zurück nach Hause.

„Du warst ja nicht lange fort. Ist was mit deiner Mutter?" Der Kollege blickte ihn fragend an. „Nein, nein. Alles in Ordnung. Ich wollte euch hier nicht so lange mit der Arbeit alleinlassen." Der ältere Pastor hatte wieder seinen ironischen Gesichtsausdruck, aus dem man nicht recht schlau wurde.

Epilog

Breslauer neigte dazu, sich seine eigenen Gedanken über das Leben zu machen. Manches an Wissen hatte er sich durch sein Studium aneignen können. Das hielt ihn aber nicht davon ab, oft zwischen Ereignissen und Dingen Zusammenhänge herzustellen, die andere so nicht sahen. Darin sympathisierte er mit Gestalten, wie zum Beispiel dem Schuhmacher aus Wilhelm Raabes Roman „Der Hungerpastor". Der in den Stunden, in denen er seinem Handwerk nachging, Gelegenheit fand über „Gott und die Welt" nachzudenken. Diesem half die Phantasie dabei, Geist und Seele davon zu nähren und daraus einen kräftigen Eintopf zuzubereiten, von dem er im Leben zehren konnte. So räumte auch Breslauer den Gefühlen und der Phantasie einen erheblich größeren Raum ein, als ihnen im normalen Leben in der Regel zugestanden wurde. Seine Überzeugung begründete er damit, dass das Fühlen und Empfinden Überbleibsel der verkümmerten Instinkte des Menschen sind und kam zu dem Schluss, dass man sein Verstandesurteil der Kontrollinstanz seiner Gefühle unterwerfen müsse, wenn man eine gute Entscheidung im Leben treffen will. Was ihn in eine Zwickmühle zu dem brachte, was man normalerweise in einer Situation, als zu tun geboten empfahl.

Jahre waren vergangen.

Eine Entfremdung zu Frieda hatte sich angebahnt. Seine Gefühle befahlen ihm, einen anderen Weg in seinem Leben einzuschlagen. Sie zogen ihn zu einem Menschen hin, deren Gesicht ihm häufiger in seinen Träumen erschien. Aber wie es bei Träumen manchmal ist, hielten sie auch bei Breslauer der Realität nicht stand. An bestimmten Orten waren Zeiten zu Ende. Andere Arbeitsfelder taten sich auf. Nach mancher Suche und Unsicherheit war Johanna an seiner Seite. Die Jahre reihten sich aneinander. Erfüllt von Ereignissen, die Eindrücke hinterließen und mit der Zeit zu Wiederholungen wurden; langsam verschwammen, irgendwann vergessen waren. Lebensroutine stellte sich ein. Jener Mechanismus, der das Leben absolvieren ließ, wenn die eigenen Kräfte schwächer wurden.

„Es gibt ein Bild von Klee, das Angelus No-
vus heißt. Ein Engel ist darauf dargestellt,
der aussieht, als wäre er im Begriff, sich von
etwas zu entfernen, worauf er starrt. Seine
Augen sind aufgerissen, sein Mund steht offen und seine Flügel sind ausgespannt. Der
Engel der Geschichte muß so aussehen. Er
hat das Antlitz der Vergangenheit zugewen-
det. Wo eine Kette von Begebenheiten vor
uns erscheint, da sieht **er** eine einzige Katastrophe, die unablässig Trümmer auf
Trümmer häuft und sie ihm vor die Füße
schleudert. Er möchte wohl verweilen, die
Toten wecken und das Zerschlagene zu-
sammenfügen. Aber ein Sturm weht vom
Paradiese her, der sich in seinen Flügeln
verfangen hat und so stark ist, daß der Engel sie nicht mehr schließen kann. Dieser
Sturm treibt ihn unaufhaltsam in die Zukunft, der er den Rücken kehrt, während
der Trümmerhaufen vor ihm zum Himmel
wächst. Das, was wir den Fortschritt nennen, ist **dieser** Sturm."

(Walter Benjamin, Über den Begriff der Geschichte, IX)

Nach zehn Jahren unterbrach erneut ein Brief aus Eichenhausen den stumpfsinnigen Rhythmus des Vergehens und der Verdrängung.

Schwester Louise schrieb:

> Sehr geehrter Herr Breslauer!
>
> Ihrer Mutter geht es gar nicht gut. Ich fürchte, dass sie bald sterben wird. Sie spricht viel von Ihnen. Ich habe überlegt, ob ich Sie davon in Kenntnis setzen soll. Aber ich denke, es ist richtig so. Wenn Sie Ihre Mutter noch sehen wollen, wäre es gut, wenn sie möglichst bald kommen würden.
>
> Mit herzlichen Grüßen
>
> Ihre Schwester Louise Hartmann

Das Schreiben war handschriftlich auf neutralem Briefpapier verfasst. Es sprach für die persönliche Art, in der Schwester Louise ihren Beruf ausübte. Unverzüglich machte sich der Vormund auf den Weg.

Er fand seine Mutter im Krankenzimmer. Sie saß aufrecht in ihrem Bett mit hochgestelltem Kopfende und winkte ihm zu, als er unsicher das Zimmer betrat. Es war alles so anders als sonst bei seinen Besuchen.

Wie sie so im Bett saß, unterschied sie sich kaum von anderen älteren Menschen. War es doch sonst für ihn immer so, dass er sich für seine Mutter schämte, weil er sie so anders fand. „Hast du Schmerzen?", fragte er. Sie verneinte. Bekäme ja auch Medikamente. „Tabletten und Spritzen von der Ärztin." Es war schon lange nicht mehr Dr. Meyer-Schwarzberger.

Dann kam der übliche Wunsch, mit ihrem Sohn eine Zigarette zu rauchen. „Darfst du denn das hier im Krankenzimmer?" Louise hätte es erlaubt, weil sie ja nicht aufstehen könnte. Schläuche kamen unter der Bettdecke hervor und endeten in Beuteln, die am Bettrand befestigt waren. An einem Metallständer baumelte eine verkehrt herum aufgehängte Flasche, die ihren Inhalt tröpfchenweise an einen dünnen Schlauch abgab, der zur Vene ihres Handgelenks führte.

„Die Mutter ist hier gut aufgehoben und wird als Mensch geachtet", empfand er dankbar. „Ohn' all mein Verdienst und Würdigkeit". Dieser Satz aus dem Kleinen Katechismus Martin Luthers kam ihm in den Sinn. Nützlich hatte sie sich schon lange nicht mehr gemacht. Sie hatte die letzten Jahre im Tagesraum gesessen, zuletzt noch einige Monate im Rollstuhl. Manchmal fanden sich andere Patientinnen, die sie schoben oder mit ihr in das Bistro gingen. „Sie hatte es vorher nie so gut gehabt

204

wie hier", dachte der Sohn.

Dass es Patienten hier gut hatten, war nicht immer so gewesen. In der Nazizeit sortierte man die psychisch Erkrankten nach dem Nutzen für die Gesellschaft. Man sterilisierte sie, machte medizinische Versuche mit ihnen oder gab ihnen einfach während einer vorgetäuschten Untersuchung eine Todesspritze. „Euthanasie", guter Tod nannte man das in grauenvoller Verkehrung.

Nachdem man zwei Zigaretten miteinander geraucht hatte – wobei die Mutter sich wunderte, dass ihr die schon seit einiger Zeit nicht mehr so schmeckten – brach der Sohn wieder auf.

Man winkte sich länger als sonst zu. Arno erschien es, als müsste er sich das Bild dieses Abschieds für sein ganzes weiteres Leben einprägen.

Eine Woche später trug man Irma, Emma, Dorothea Breslauer, geborene Horn zu Grabe.

Es war Brauch, sich vor Trauerfeiern bei den Gebäuden der jeweiligen Stationen zu versammeln. Breslauer war mit seiner zweiten Frau Johanna gekommen. Der mittlerweile elfjährige Arnd lebte bei seiner Mutter und hatte Schule. Außerdem waren die Beziehungsbande durch die Krankheit und räumliche Entfernung der Großmutter kaum geknüpft.

Mit der Stationsschwester, den Pflegenden und den Mitpatientinnen machte man sich auf den Weg zur Kapelle des örtlichen Friedhofs. Breslauer und Frau waren die einzigen Teilnehmer aus dem Familienkreis. Der Sarg stand vor dem Altar in dem Backsteinbau, der als Friedhofskapelle diente. Efeubäume in Kübeln umringten ihn halbkreisförmig. Kolonnen von Holzstühlen bildeten Reihen. Der Vormund saß mit seiner Frau vorn.

Als die Anstaltsgemeinde Platz genommen hatte, setzte das Harmonium ein. Mit dem Pastor hatte sich Breslauer schon von zu Hause aus telefonisch in Verbindung gesetzt. Er hatte ihm, soweit es auf dem fernmündlichen Wege möglich war, einiges aus dem früheren Leben seiner Mutter und dem Verlauf ihrer Erkrankung erzählt. Allerdings bekam er den Eindruck, dass der Geistliche die Ausführungen seines Amtsbruders und die Lebensumstände der Verstorbenen ziemlich beiläufig zur Kenntnis nahm. Er war wohl nicht mehr zu überraschen mit schwierigen Schicksalen, weil er durch seinen Dienst zu häufig damit konfrontiert wurde. Breslauer musste deshalb achtgeben, dass er diese, ihn als Sohn besonders betreffende Trauerfeier, nicht zu kritisch beurteilen würde.

Der Amtsbruder sprach über den 23.Psalm und bezog sich besonders auf den ersten Vers:

> Der Herr ist mein Hirte,
> mir wird nichts mangeln.

Er sprach über das Leben der Mutter im Landeskrankenhaus; von ihren Freuden und Problemen, den Beziehungen, die sie hier hatte. Und von der Erkrankung, die, wie eine unberechenbare Macht, ja wie ein Dämon sie beherrschen konnte, so dass sie selbst nicht mehr zu erkennen war. Von der Schwierigkeit, frühere Bindungen zu diesem veränderten Menschen aufrechtzuerhalten. Altvertraute, ja sogar Angehörige, zogen sich zurück, weil man es nur schwer aushalten konnte, dass all das, was man einmal gemeinsam mit der Kranken erlebt hatte, immer weniger in ihrem Leben eine Rolle spielte. „Für uns Außenstehende schien Irmi, wie sie von denen genannt wurde, die sie täglich auf der Station erlebten, einsam und auch innerlich verlassen zu sein", schloss der Geistliche die Beschreibung der persönlichen Situation der Verstorbenen, um zu seiner eigenen religiösen Einschätzung zu kommen.

„Doch Gott kannte sie weiterhin und liebte sie, weil seine Liebe ohne Eigennutz ist. Denn er hält und sucht gerade die Orientierungslosen wie ein guter Hirte. Und Mangel an Liebe und seelischer

Not aus Verlassenheit gibt es nicht für den, der sich in seinem Schoß geborgen weiß. Auch wenn sich vielleicht vieles, was sich die Verstorbene einst in früheren Jahren von ihrem Leben erhofft hatte, nicht erfüllen konnte. So lässt Gott es doch am Ende rund und vollendet werden durch **seine** Liebe und **sein** Tun."

Manches hatte der Anstaltspastor sicher noch in seiner Trauerpredigt ausgeführt, was aber hier nichts zur Sache tut. Die Quintessenz für den Sohn und Vormund waren diese obigen Worte. Und er reduzierte sie noch weiter auf den Satz: **Geborgenheit, Vertrauen und Liebe werden jedem Menschen geschenkt,** auch ohne sein eigenes Zutun; eben: **„ohn' all sein Verdienst und Würdigkeit".**

Danach wurde gesungen. Dabei ließen die unterschiedlichen, sich nicht immer im Takt des Chorals bewegenden Stimmen der Krankenhausgemeinde das Vielgestaltige und Steinige der Wege durch das Leben erahnen. Dann trug man den Sarg hinaus. Von schwankenden Trägern in schwarzer Tracht mit unzeitgemäßem Dreispitz, als wollte man betonen, dass der Tod die Menschen aus ihrer Zeit herausnahm. Ein fast Totentanz ähnliches Sarggefolge bewegte sich über den Friedhof zum Grab. Ziel und Abschluss aller Lebenswege.

Breslauer war in sich gekehrt. Die Worte des Kran-
kenhaus-Seelsorgers hatten ihn doch ergriffen und
angerührt. Seine Mutter war voller Vertrauen gestorben und hatte sich in ihrem Leben gehalten
gefühlt, das spürte er plötzlich deutlich.

Die Grabplatten lagen in Reihen nebeneinander.
Wo der Trauerzug einbog, war das Gras kurz geschnitten. Sonst überwucherten graue abgestor-
bene Halme die einfachen steinernen Tafeln mit
den Namen, Geburts-und Sterbejahren. Reduzierte, aber nüchtern betrachtet, ausreichende Informationen, um an ein unrühmliches Leben in der
Zeit zu denken. Das Grab war ausgehoben. Der In-
nenraum mit grüner Folie umkleidet. Die dunklen
Leibgardisten des Todes ließen den leichtgebauten
Sarg herab. Dann zogen sie sich zurück.

Der Geistliche betete das Vater unser und sprach
segnende Worte. Einige gaben dem Sohn und seiner Frau die Hand. Die Stationsschwester machte
damit den Anfang. Die Trauergemeinde löste sich
auf. Bald war das Ehepaar allein. Er dachte bei
sich: „Mache es gut." Das waren häufig seine Gedanken, wenn es um Verabschiedung an Gräbern
ging. Dann machte er sich mit Johanna auf den
Weg zum Ausgang des Friedhofs.

Auf der Station bekam Arno, der nun kein Vormund mehr war, einen kleinen Beutel mit Sachen seiner Mutter ausgehändigt. Die vor elf Jahren gekaufte private Kleidung und die Daunendecke hatte er auf der Station gelassen. Im Beutel befand sich eine Damenarmbanduhr, ein Ehering, den die Mutter als Witwenring getragen hatte. Und eine angebrochene Zigarettenschachtel der Marke Stuyvesant.

Diese Dinge verstaute der Sohn in seiner Schreibtischschublade und hütete sie wie Reliquien.

Anhang

Predigttext aus dem Neuen Testament:

Von den klugen und törichten Jungfrauen

Dann wird das Himmelreich gleichen zehn Jungfrauen, die ihre Lampen nahmen und gingen hinaus, dem Bräutigam entgegen.

Aber fünf von ihnen waren töricht, und fünf waren klug.

Die törichten nahmen ihre Lampen, aber sie nahmen kein Öl mit.

Die klugen aber nahmen Öl mit in ihren Gefäßen, samt ihren Lampen.

Als nun der Bräutigam lange ausblieb, wurden sie alle schläfrig und schliefen ein.

Um Mitternacht aber erhob sich lautes Rufen: Siehe, der Bräutigam kommt! Geht hinaus, ihm entgegen!

Da standen diese Jungfrauen alle auf und machten ihre Lampen fertig.

Die törichten aber sprachen zu den klugen: Gebt uns von eurem Öl, denn unsere Lampen verlöschen.

Da antworteten die klugen und sprachen: Nein, sonst würde es für uns und euch nicht genug sein; geht aber zum Kaufmann und kauft für euch selbst.

Und als sie hingingen zu kaufen, kam der Bräutigam; und die bereit waren, gingen mit ihm hinein zur Hochzeit und die Tür wurde verschlossen.

Später kamen auch die andern Jungfrauen und sprachen: Herr, Herr, tu uns auf!

Er antwortete aber und sprach: Wahrlich, ich sage euch: Ich kenne euch nicht.

Darum wachet! Denn ihr wisst weder Tag noch Stunde.

(Matthäus 25, 1-13 nach der Übersetzung Martin Luthers)

Predigt zum Totensonntag
(von Pastor Arno Breslauer gehalten am
21.November 1982 in der Paulus-Petrus-
Apostolos-Kirche)

Liebe Gemeinde!
Geschlossene Türen, die kennen wir! Sie sind ein
Bild für das Gefühl, wenn etwas abbricht, zu Ende
ist. Wenn der Tod sich wie eine trennende Wand
zwischen uns und unsere Planungen, Hoffnungen
und Ziele schiebt.

Einige haben im letzten Kirchenjahr einen Angehörigen zu Grabe getragen. Haben vielleicht zuerst
wie versteinert vor dieser Tür zwischen Leben und
Tod gestanden. Dieser Tür, die plötzlich dann auch
im eigenen Leben empfunden wird und für Außenstehende und nicht Betroffene vielfach nicht
sichtbar und unverständlich ist.

Diese Tür des Todes wird in unserer Gesellschaft
gern hinter einer Bildtapete verborgen. Es wird so
getan, als wäre sie nicht da. Als ginge alles einfach
immer endlos weiter. Als hätte man endlos Zeit.
Aber das ist eben eine Täuschung.
Jemand sagte einmal: **„Lebe so, als wäre heute
der letzte Tag vom Rest deines Lebens".** Und die
siegreichen römischen Feldherren mussten bei ihren Triumphzügen mit dem Gefühl von Unbesieg-

barkeit und Unsterblichkeit einen Zuflüsterer an ihrer Seite dulden, der ihnen ins Ohr sprach: **„Bedenke, dass du sterblich bist, bedenke, dass du sterblich bist."** Und auf der Turmuhr des Krematoriums eines Hamburger Friedhofs sind groß und deutlich die Worte zu lesen: **„Eine von diesen!"**

Ja, eine Stunde von diesen wird es sein, wo auch für dich die Lebenstür zufällt. Und es von Gott abhängt, in welcher Weise sich das Leben durchhält.

So dürfen wir die Verstorbenen der Gnade Gottes anvertrauen und hoffen, dass sie bei ihm geborgen und gut aufgehoben sind. Hineingenommen in den Bereich des Lebens, der jenseits unserer Zugangsmöglichkeiten und Erfahrungen liegt. Wir aber, die wir diesseits der Tür stehen, müssen uns die Zeit vor Augen führen lassen, die unserem Einfluss entzogen ist.

Die Zeiger der Uhr stehen auf fünf Minuten vor zwölf; wer jetzt noch zögert oder sich mutwillig über den Ernst der Lage hinwegzutäuschen versucht, der wird auf einmal keine Zeit mehr zur Verfügung haben. Es kommt alles darauf an, heute und jetzt richtig zu leben. Wer sich jetzt nicht richtig einstellt, der verpasst die einzige und richtige Chance, die Gott ihm noch lässt.

Geprägt von dieser drängenden Unaufschiebbarkeit, muss man sich das Auftreten Jesu vorstellen. Es ist leicht, sich vor Augen zu führen, wie schon allein dieses Unbedingte, dieses Tempo und diese Temperatur der Verkündigung die Menschen seiner Zeit verstört und sie gegen ihn aufgebracht hat.

Nun, wo er da ist, hat das Warten ein Ende. Friede, Güte, Gewaltlosigkeit, Verstehen und Erbarmen dulden keinen Aufschub mehr. Denn der Bräutigam ist gekommen. All das Gute und Erwartete ist mit ihm gegenwärtig, lebendig und kann gelebt werden.

Doch nehmen Sie, liebe Gemeinde, die Einwände wahr, die an dieser Stelle bei ihnen aufsteigen: Wir sagen gern: Wir haben noch Zeit. Jetzt können wir es uns noch nicht leisten, so zu leben, wie Jesus es will. Der Faktor Zeit wird so behandelt, als könnten wir mit ihm schalten und walten, wie wir möchten. So, als müssten wir nur die Termine immer wieder in einen Kalender eintragen, der ewig währt.

Vor einigen Jahren besang ein Schlager die Lebensweise eines reichen Mannes, der sein ganzes Leben mit Arbeit verbracht hatte.

„Später", wenn er genug Geld „gemacht" hat, wird er all das nachholen, was er in der Gegenwart sich noch nicht gönnen konnte.
„Später" wird er Urlaub machen, wird das Leben genießen.
„Später" wird er für die Liebe sich Zeit nehmen…

Doch die Frau, die ihn liebt, hört nicht auf, in ihn zu dringen:
„Später – wann ist das? hab` ich ihn gefragt. Er hat nur gelacht und hat „später" gesagt.
Doch heute hab' ich in der Zeitung gelesen:
„Später" – das ist für ihn gestern gewesen."

Wir haben in der Bibel ähnliche Geschichten.
Zum Beispiel die Geschichte vom reichen Bauern. Der die alte Scheune abreißen lässt und eine neue baut, um genügend Lagerraum zu bekommen. Dann hätte er es geschafft und das Leben könnte nun endlich für ihn beginnen. Doch in derselben Nacht kommt der Tod und er muss sterben.

„Welch ein Narr", sagt Jesus. „Wie töricht", heißt es von den Brautjungfern. Denn den Sinn ihres Daseins haben sie verfehlt, gerade im entscheidenden Moment ging ihnen der Betriebsstoff aus. Sie können nun nicht mehr das tun, worauf sie die ganze Zeit gewartet haben.

Um diese Geschichte besser zu verstehen, muss man die orientalischen Hochzeitsbräuche kennen: Der Bräutigam feiert noch mit seinen Freunden und führt die letzten Verhandlungen wegen der Braut. Die Brautjungfern warten. Wenn er aber kommt, beginnt das Fest und alle Brautjungfern sollen ihm entgegengehen.
Ein Bild für Gott, der uns zum Leben einlädt. „Macht euch auf!" „Folgt dem Ruf." Nehmt nicht zu wenig mit von den Kräften des Glaubens und der Hoffnung. Könnt Ihr wirklich wissen, wann Ihr sie brauchen werdet?

Vielleicht wird der Ernst einer Unaufschiebbarkeit der Lebensentscheidung deutlicher, wenn man die Religion mit der Kunst vergleicht. Ist es denkbar, dass ein Maler sich sagt: „Ich male mein Bild, mein jetziges Thema später?" Das bestimmte Thema, der bestimmte Einfall muss jetzt gestaltet werden. Die Frage darf nicht eine Sekunde lauten, wann wohl das sachverständige Publikum darauf vorbereitet sein wird, sich solches Thema mit Wohlgefallen anzusehen. Würde der Künstler warten mit dem, was er auszudrücken hat, so würde die Flamme seiner Leidenschaft, die Stärke seiner

Ausdruckskraft, die Tiefe seines Glaubens an sich selbst nur verbrennen. Er würde nie etwas anderes werden als ein „akademischer" Maler – ein Kopist tradierter Formen und Themen, bei dem der Funke des gegenwärtigen Ergriffenseins fehlt. Und das ist für einen Künstler schlimm! Beim Religiösen ist es nicht anders.

> Wer sich der Liebe nicht getraut, wenn er sie fühlt – wie will er sie wiederfinden, wenn sein Leben sich im Alter dem Ende neigt?
>
> Wer seine Träume verrät, wenn er sie vor sich sieht – wie will der ihnen folgen, wenn seine Augen matt geworden sind?
>
> Wer das Empfinden von Scham oder Reue nicht zum Anlass nimmt, sein Leben zu ändern – wie will der auch nur die Fähigkeit sich erhalten, so etwas wie Scham oder Reue noch fühlen zu können?
>
> Das Leben wächst nur, indem es gelebt wird, mit jedem Atemzug und mit jedem Herzschlag – jetzt.

Von all diesen Dingen und Situationen kann man etwas lernen. Damit die Türen nicht einfach so zufallen und man plötzlich erstaunt ist, dass sie verschlossen sind. Das Lernfeld ist das Leben selbst.

Die Zeit, die uns jetzt ermöglicht zu empfinden und über unser Leben nachzudenken.

Der Dichter Andreas Gryphius, der in schweren Zeiten des Dreißigjährigen Krieges lebte, schrieb:

„Achte gut auf diesen Tag, denke er ist das Leben, das Leben allen Lebens! Das Gestern ist nichts als ein Traum und das Morgen ist nur eine Vision: Heute jedoch, recht gelebt, macht jedes Gestern zu einem Traum voller Glück und jedes Morgen zu einer Vision voller Hoffnung. Darum: achte gut auf diesen Tag."

Gott schenkt uns die Tage und Zeiten, in denen mancher Ruf an uns und unser Leben ergeht. Die Aufmerksamkeit aber liegt bei uns, diesen Ruf nicht zu verpassen.
Amen